Indrikis Harold Martinson

Zimt auf deiner Haut

Dieses Buch widme ich
meiner Frau und meinem Sohn.
Meine bunten Erzählungen über meine
Lebensgeschichte
als Jugendlicher in Marokko
haben sie bewogen, mich zu überzeu-
gen, dieses Buch zu schreiben.
Indrikis Harold Martinson

Der Autor lebte in Afrika und in Europa. Nach dem französischen Abitur folgte in Deutschland das Studium der Rechtswissenschaften. Er entwickelte sich zu einem Individualisten, aber auch zu einem jungen Mann mit Sinn und Verständnis für alle menschliche Stärken und Schwächen. Während seiner Jugend, seiner volljuristischen Ausbildung und seiner Kompetenzerweiterung an einer Grande Ecole in Frankreich gewann er eine facettenreiche Persönlichkeit, die ihm half, im Beruf aufzugehen und ein Leben in verantwortlicher Stellung zu führen.

Durch seine auf zwei Kontinenten gesammelten Erfahrungen lernte er, unterschiedlichste Menschen mit unterschiedlichsten Mentalitäten und Neigungen zu verstehen. Er liebt sachliche Kontroversen, aber auch Harmonie im Gespräch. Er spricht Dinge an, die mancher lieber verschweigt.

Meine weiteren Titel:

Mein Tanger – Mein Marokko

Zimt auf deiner Haut als E-Book

Doppelspiele

Fünf Monate

Sonne und Schatten auch als E-Book

Weil ich es wollte auch als E-Book

Indrikis Harold Martinson

Zimt auf deiner Haut

Roman

4. Auflage
© 2013 Indrikis Harold Martinson

www.martinson-info.de

Herstellung und Verlag:
Books on Demand GmbH, Norderstedt
ISBN-13: 978-3-8370-2920-8

Inhalt

1. Kapitel

KARIMA

Die Stille war berauschend. Karima war fast alleine im Dom und stand vor dem Hochaltar, ihr Diplom des Instituts für Geologie der Universität zu Köln in der Hand. Sie war vor dem Rummel der Entlassungsfeier geflohen. Sie suchte die Ruhe, denn sie musste nachdenken. Ihre Gedanken wirbelten nur so herum, Bilder ihrer Jugend und ihres Zuhauses in Marrakesch mischten sich mit den Eindrücken ihrer Studienzeit in Deutschland. Doch sie war wohl zu sehr vom erfolgreichen Abschluss ergriffen, um mit Besonnenheit Gedanken zu fassen und insbesondere wohlüberlegte Entscheidungen zu treffen.

Ihre Eltern drängten sie, nach dem erfolgreichen Studium erst einmal eine Pause einzulegen und einige Zeit zu Hause zu verbringen. Sie sollte zunächst ausspannen. Auch von Marokko aus könnte sie per Internet auf Jobsuche gehen und ihre Bewerbungen per E-Mail versenden.

Karima eilte zu einem Reisebüro und buchte den nächstmöglichen Flug nach Marrakesch. Sie hatte noch einige Tage, um alle behördlichen Formalitäten zu erledigen, einen Nachmieter für ihr möbliertes Zimmer zu finden und insbesondere Abschied von Silvia zu nehmen. Sie hatten sich zu Beginn des Studiums kennengelernt und angefreundet. Silvia war fasziniert von ihrer Freundin Karima und rühmte sich, eine deutsche Freundin mit arabischem Vornamen zu haben, die ihre ganze Kindheit und Jugend in Marokko verbracht hatte und fließend Arabisch sprach. Karimas Eltern hatten als erste deutsche Unternehmer aus der Textil- und Lederbranche in Marrakesch Fuß gefasst. Kurze Zeit nach Fertigstellung und Inbetriebnahme aller Produktionshallen war ihre Tochter geboren worden und sie hatten darauf geachtet, dass diese zwar eine europäische Erziehung erhielt, aber auch die arabische Sprache erlernte und pflegte. Karima war ein Einzelkind, von ihrer Mutter wohl umsorgt. Die deutsche Kultur war ihr nicht fremd, verbrachte sie doch die langen Sommerferien stets bei ihren intellektuellen Großeltern in Deutschland. Mit 17 machte sie ihr Abitur am französischen Gymnasium in Marrakesch. Mit 17 begann sie ihr Studium in Köln.

2. Kapitel

MARRAKESCH

Karima schlief sehr lange aus. Die ganze Nacht hatte sie mit ihren Eltern über den Lebensabschnitt gesprochen, der nun hinter ihr lag, von ihren zahlreichen Erkenntnissen und Erlebnissen erzählt. Immer wieder hatte sie ihre Mutter und ihren Vater umarmt, glücklich, doch wieder zu Hause zu sein. Doch sie hörte auch ihren Eltern aufmerksam zu, was diese über das heutige Leben in Marrakesch und in Marokko berichteten. So habe sich vieles in den wenigen Jahren ihrer Abwesenheit verändert, ob nun die Menschen oder das alltägliche Leben. Vieles sei nicht mehr ganz so einfach wie früher und man müsse aufpassen, was man wem sage.

Der politische Boden sei wegen der religiös-radikalen Auswüchse unruhiger geworden, die »kleine« Wirtschaft leide unter den Globalisierungsfolgen. Alte und bewährte Rechte gerieten in Gefahr, abgeschafft zu werden, insbesondere weil viele neue Ansprüche erhoben würden, insbesondere von den dominierenden und bestimmenden Arrivierten. Die Kapitalinvestitionen seien stark zurückgegangen.

Nach dem Duschen betrachtete sich Karima vor dem Spiegel, der eine ganze Wand des Badezimmers einnahm. Sie war mit sich und ihren 175 cm sehr zufrieden. Ihre langen dunkelblonden Haare und ihre schmale Silhouette rundeten das Gesamtbild einer attraktiven jungen Frau mit bildhübschem Gesicht ab.

Am Abend fuhr sie mit ihrer Mutter Lebensmittel einkaufen. Es sollte auch noch ein kurzer Abstecher zum Platz Djemâa el Fna, dem Platz der Gehenkten, werden, denn Karima vermisste die unvergesslichen Bilder der Geschichtenerzähler, der vielen Schlangenbeschwörer, Wasserverkäufer und jugendlichen Akrobaten. Während der

Rückfahrt war Karima still, sehr still. Ihre Mutter beobachtete sie diskret von der Seite und bemerkte, wie angestrengt Karima in Gedanken war. Irgendetwas musste sie sehr berührt haben. Jetzt während der Autofahrt wollte sie ihre Tochter nicht fragen. Bei der gemeinsamen Vorbereitung des Abendessens würde sich sicherlich eine passende Gelegenheit ergeben.

»Liebling, was war mit dir vorhin auf dem Platz und bei der Rückfahrt los? Du warst so still.«

»Ich weiß es nicht, Mama! Die Atmosphäre war so bedrückend und die Menschen scheinen, ja, wie soll ich es sagen, mir fällt kein besseres Wort als Nonchalance ein, ihre Nonchalance verloren zu haben. In den Gesichtern war kein Leben, keine Zufriedenheit zu sehen. Wenn sich die Leute unbeobachtet fühlten und offenbar sinnierten, sahen ihre Gesichter wie versteinert aus.«

Auch beim Abendessen waren Karimas Eindrücke das Gesprächsthema. Ihr Vater pflichtete ihr im Grundsatz bei und meinte, die Ursachen ihrer Beobachtungen seien darin zu sehen, dass in den letzten Jahren auch in Marokko das Leben teuer, sehr teuer geworden sei. Die Preise seien erheblich gestiegen, die Modernisierung und Industrialisierung seien insbesondere für die Landbevölkerung zu schnell vorangegangen. Das Einkommen eines Tagelöhners oder einfachen Marktverkäufers könne heute keine Familie mehr ernähren und medizinisch versorgen, und an Rücklagen für das Alter sei gar nicht zu denken. Und letztlich habe auch die stärkere Hinwendung zum Islam einerseits zur Nachdenklichkeit, andererseits zu einer religiösen Verblendung der Bevölkerung beigetragen. Noch lange unterhielten sie sich, insbesondere über die Reichen, die Mittelschicht, die Armen in Marokko und über die sich stets weiter öffnende Schere zwischen sehr Reich und sehr Arm auf allen Kontinenten, die Auseinandersetzungen der Menschen mit den ungerechten Auswirkungen der Globalisierung, die spürbaren Klimaturbulenzen, die Auseinandersetzungen und die Glaubensfeldzüge nicht weniger Fanatiker. Ihr Gesprächsstoff war unendlich in dieser Nacht.

Am nächsten Morgen plagte sich Karima mit Kopf- und Bauchschmerzen. Ob nun die zum Teil kontrovers geführten Diskussionen oder der Rotwein hierfür verantwortlich waren, sie nahm sich vor, den Tag nicht so enden zu lassen, wie er sich anschickte zu beginnen. Sie stand stöhnend auf, musste über sich lachen und begab sich ins Bad. Nach einem spartanischen Frühstück mit ihrer Mutter, ihr Vater war bereits unterwegs, entschied sie sich, einen ausgiebigen Sparziergang zu unternehmen. Die Schale mit Café au Lait und die zwei Croissants waren schnell vertilgt, bequeme Schuhe, enge Jeans und eine Bluse schnell übergestreift.

Karima schlenderte durch die Straßen, alles war ihr vertraut. Vom Villenviertel erreichte sie nach gut zwei Stunden die Altstadt. Auch hier erkannte sie alle Gassen wieder, die Geschäfte, in denen sie mit ihren Eltern eingekauft hatte, und einige wenige Geschäftsinhaber und Verkäufer erkannten auch sie und begrüßten sie herzlich. In einem Straßencafé bestellte sie sich einen Pfefferminztee. Langsam kehrten ihre Lebensgeister wieder zurück, die Kopfschmerzen hatten sich fast verflüchtigt. Nur der Bauch meldete sich noch ab und zu energisch. Karima bezahlte und freute sich, dass die ersten Gespräche mit den Einheimischen ihr wieder das Selbstvertrauen gaben, das sie vor ihrer Abreise nach Deutschland so stark gemacht hatte. Ihr Arabisch hatte durch die vierjährige Abwesenheit nicht gelitten. Die Araber waren nahezu aus dem Häuschen vor Überraschung, eine dunkelblonde junge Frau mit blauen Augen zu sehen, Arabisch sprechend wie sie selbst. Sie wäre eine von ihnen gewesen, würde man vom Äußeren absehen. Sie schlenderte noch eine ganze Weile durch die Gassen des Souks, als sie auf einen Hammam zuging, vor dem eine alte Marokkanerin hockte und döste. Es war ein Hammam nur für Frauen. Nie hatte Karima zuvor einen Hammam betreten, sie wusste nur, dass es sich um eine Art Dampfbad handelte, in dem sich Frauen der eigenen Körperpflege widmeten. Die alte Marokkanerin wachte aus ihrem Halbschlaf auf und winkte ihr zu.

»Komm, mein Kind, komm! Hier gehst du rein und kommst noch viel schöner wieder heraus. Komm, mein Kind, komm herein«, krächzte die Alte und fiel sofort wieder in ihren Halbschlaf. Karima ging hinein. Eine junge Marokkanerin im weißen Kittel empfing sie, gab ihr ein großes Handtuch und führte sie in eine Umkleidekabine. Sie sollte sich ganz ausziehen, das Handtuch um ihren Körper wickeln und in den nächsten Raum gehen. Karima staunte, als sie den großen, mit kleinen Nischen versehenen Raum aus Marmor und buntem Granit betrat. Ein Wohlbehagen überkam sie, die Parfüme der Öle verbreiteten eine sinnliche Stimmung, und über allem lag, wie als Krönung, diese behagliche Ruhe. Ein junges, nur mit einem Lendenschurz bekleidetes Mädchen fragte, ob Karima denn mit dem Kiss oder mit Sisal abgerieben werden wollte, und zeigte ihr dabei den Kiss, diesen rauen Handschuh, von dem Karima schon gehört hatte. Sie entschied sich für den Kiss, und das junge Mädchen nahm ihr das Handtuch ab. Das sehr diskrete, aber dennoch vernehmbare Kichern ließ Karima aufhorchen, und sie sah, wie das junge Mädchen sich die Hand vor den Mund und die andere Hand vor die Augen hielt, als dürfte sie nichts sagen und nichts sehen.

»Was ist los und wie heißt du?«, fragte Karima.

»Du sprichst Arabisch, als ob du eine von uns wärst. Aber du, mit deinen blonden Haaren und blauen Augen und deiner hellen Haut, du bist keine von uns! Ich heiße Zaïda.«

»Ich bin keine von euch? Was soll das heißen? Wie meinst du das?«, fragte Karima ein wenig genervt.

»Kennst du denn die Fitra nicht, obwohl du fließend Arabisch sprichst?«, fragte die junge Marokkanerin verwundert.

»Nein, was ist das denn und warum siehst du mich so an?«

»Die Fitra spricht von den von Allah gewollten Veränderungen am Körper eines Mannes und einer Frau. Wir Muslime müssen uns regelmäßig enthaaren, die Frauen immer nach der Menstruation. Nur die Kopfhaare dürfen bleiben. Alles andere muss rasiert werden. Das fordern die Reinlichkeitsregeln und es ist auch hygienischer, gerade bei den heißen Temperaturen draußen. Du bist aber nicht rasiert!«

Karima wusste zunächst nicht, wie sie reagieren sollte. Zwei weitere Besucherinnen betraten den Raum, die sich gleich duschten. Karima sah, dass beide offenbar die Fitra umgesetzt hatten. Was soll's? Warum nicht? Das Argument mit der Hitze und Hygiene ist sicherlich richtig, dachte sie und willigte ein. Zaïda ging sehr behutsam vor und nahm sich viel Zeit. Sie goss Karima Öl über Stirn und Haare und massierte ausgiebig das Gesicht und die Kopfhaut. Dann ölte sie den ganzen Körper ein. Karima entspannte sich völlig und genoss mit geschlossenen Augen die kreisenden Hände auf ihrer Haut. Zaïda massierte sie, nein, streichelte sie eher, und begoss sie immer wieder mit verschieden duftenden Ölen. Karima stöhnte leise, ihre Bauchschmerzen verwandelten sich schnell in Glücksgefühle, und diese lähmten ihre Ansätze, sich der flinken und sanften Hände ihrer Masseurin, die nichts mehr ausließen, erwehren zu wollen. Nachdem sich Karimas Spannungen entladen hatten, rieb Zaïda sie mit dem Kiss ab, bevor sie zusammen ins Dampfbad gingen und sich dort über das Schminken unterhielten und über Henna als Haarfärbemittel, das den Haaren einen schönen, seichten rötlichen Schimmer gibt. Nach einer ausgiebigen Dusche verstrich Zaïda mit leisen Bewegungen Arganöl und Zimtpuder über Karimas ganzen Körper.

»Zimt auf deiner Haut. Das ist gut und verzückt den Mann, der deinen Körper riecht«, betonte Zaïda mit einem verschmitzten Lächeln.

Karima verließ den Hammam nachdenklich. Sie hatte dort nicht nur wohlige Entspannung gefunden, sondern war sogar von all ihren körperlichen Verspannungen erlöst worden. Und dieses Hammam-Erlebnis hatte ihr sexuelle Befriedigung verschafft. In Deutschland hatte sie nur zwei Freunde gehabt, die aber, wie sie auch, noch sehr unerfahren in der Liebeskunst und dem Verschenken echter Zärtlichkeit waren. Oft war sie zu Partys oder anderen gesellschaftlichen Ereignissen eingeladen worden, schmückten sich doch einige Gastgeber damit, eine junge hübsche Deutsche zu kennen, die in Marokko groß geworden war und fließend Arabisch sprach. Annäherungsversuche wehrte sie stets ab, hatte sie doch entweder gerade einen Freund oder eben keine Lust, eine kurze Bekanntschaft mit weitergehenden Erwartungen einzugehen. Seitdem sie wieder in Marrakesch war, hatte sie noch keine Gelegenheit gehabt, einen netten jungen Mann kennenzulernen, und so entschied sie sich, so lange dieser Zustand anhielt, ein- bis zweimal die Woche die junge Marokkanerin Zaïda im Hammam aufzusuchen.

Auf dem Rückweg kehrte sie noch in ein Teehaus ein, wo sie eine ganze Flasche Mineralwasser trank. Dort hatte man sie zunächst ignoriert und nicht bedient. Doch kaum hatte sie auf Arabisch dem jungen Kellner hinter der Theke klargemacht, dass er sich mit dem Servieren beeilen solle, kümmerte sich der Inhaber persönlich um sie. Auf seine neugierige Frage, woher sie denn komme, sagte sie ganz frech, dass sie sicherlich vom Himmel gefallen sei. Und sie hatte ihre Ruhe!

3. Kapitel

FANTASIA

Karimas Mutter öffnete die Tagespost und nahm sich zuerst eines aus Seidenpapier gefalteten besonderen Umschlags an. Sehr vorsichtig zog sie mit zwei Fingern die gebleichte Papyrusseite heraus und las aufmerksam und voller Neugier den mit blauer Tinte geschriebenen Text:

Wir, Chérif Khaled El-Raisuli
geben uns die Ehre,
Herrn und Frau Neumann mit Tochter Karima
zur großen Fantasia anlässlich
unseres 50. Geburtstages einzuladen.

Auf einem zweiten Blatt waren Details zu diesen Reiterspielen aufgeführt, so auch, dass die Einladung zugleich als Laissez-passer für die Ehrentribüne und dort für die Ehrenplätze 6 bis 8 galt, dass die Gäste abgeholt und wieder zurückgebracht würden. Sie las den Text der Einladung noch einmal, wunderte sich über den Pluralis Majestatis, den der Einladende gewählt hatte, und verspürte eine keimende Neugier. Am Abend zeigte sie die Einladung ihrem Mann, der kleinlaut zugeben musste, ihr von der telefonischen Ankündigung und Anfrage, die der schriftlichen Einladung vorangegangen war, nichts gesagt zu haben. Der Gastgeber sei ihm zwar persönlich nicht bekannt, genieße aber in Marrakesch einen ehrbaren Ruf und sei der Quarz-Magnat Marokkos. Sicherlich wolle er in geschäftliche Beziehungen mit ihm treten.

Als der Tag der Fantasia gekommen war, stand Karima in einem enganliegenden weißen Overall mit blauem Gürtel und einem Halstuch in gleichem Blau, die Augenlider ausschließlich mit dunkelblauem Kajal geschminkt, parat. Sie sah bezaubernd aus.

Auch ihre Eltern hatten sich in Schale geworfen. Es klingelte und auf der Straße stand ein schwarzer auf Hochglanz polierter Hummer H2. Der Fahrer in einem schwarzen Anzug stand neben der hinteren Tür und hielt diese offen. »Einladender geht es nicht!«, sagte sich Karima und erwartete gespannt das weitere Geschehen.

Schon vom Weiten sahen sie, dass diese Veranstaltung sicherlich das mondänste gesellschaftliche Ereignis des Monats sein würde. Alles, was Rang und Namen in der Politik, Armee, Verwaltung und der Wirtschaft hatte oder gehabt hatte, war zugegen. Karimas Eltern kannten viele der Gäste, was der allgemeinen Stimmung gleich die Anspannung nahm. Die meisten Freunde und Bekannte konnten ihr Staunen nicht darüber verbergen, welche Schönheit Karima geworden war, stand sie ja auch als Augenweide mitten unter ihnen. Ein elegant gekleideter Araber kam auf sie zu und fragte, ob sie die Familie Neumann seien. Er sei der Generalsekretär von Chérif El-Raisuli und habe die Aufgabe, sie zu ihren Ehrenplätzen zu führen. Diese nur den Neumanns gezollte besondere Aufmerksamkeit irritierte viele der anderen umstehenden Gäste nicht wenig. An der von unzähligen Polizisten bewachten Tribüne angekommen, verbeugte sich der Generalsekretär vor den Neumanns und teilte ihnen einen Butler zu.

»Dieser Butler steht ausschließlich zu Ihren Diensten. Bitte teilen Sie ihm Ihre Wünsche mit. Er wird sie erfüllen. Chérif El-Raisuli führt gegenwärtig ein wichtiges Gespräch und bittet Sie, seine Entschuldigung, Sie nicht persönlich begrüßen zu können, anzunehmen.«

Karima schaute sich um und entdeckte in der Mitte der Tribüne wohl den Mann, der auch sie, die Tochter, ausdrücklich eingeladen hatte. Ein Schauer lief ihr den Rücken herunter. Wie von einem Magneten angezogen, der ihre Augen auf diesen Mann zu fixieren schien, schlug sie schon der erste Anblick dieses imposanten Mannes in den Bann. Chérif El-Raisuli war ein hochgewachsener, schlanker Mann mit schwarzgrau meliertem Haar, das asketisch gezeichnete Gesicht zeugte von Gesundheit, Kraft und Energie. Er war in einem intensiven Gespräch mit drei weiteren Männern, die ihm aufmerksam zuhörten und sich immer wieder vor ihm leicht verbeugten. Es geschah, was Karima nicht wollte: Ihre Blicke kreuzten sich.

Chérif El-Raisuli sprach wieder auf seine Gesprächspartner ein, die sich nun mit einer tiefen Verbeugung von ihm entfernten. Er steuerte direkt auf Karima zu, wandte sich aber zunächst an ihre Eltern, die er auf Französisch begrüßte.

»Ich freue mich sehr, dass Sie Zeit gefunden haben und mit mir zusammen die Freuden des heutigen Tages genießen wollen.«

»Chérif El-Raisuli, wir bedanken uns für die Einladung und freuen uns, mit Ihnen diesen Tag verbringen zu dürfen. Schon jetzt verspricht der Tag unvergesslich zu werden«, antwortete Herr Neumann respektvoll, wusste er doch noch nicht, wie er sowohl die ganze Situation als auch die Macht dieses Mannes einzuschätzen hatte. »Darf ich Ihnen meine Tochter Karima vorstellen? Sie ist seit kurzer Zeit wieder im Lande, nach ihrem Studium der Geologie, das sie jetzt abgeschlossen hat.«, führte er weiter aus.

»Wo hat sie denn studiert?«

»In Deutschland, an der Universität zu Köln.«

Karima spürte, wie sich ein Gefühl des Ärgers in ihr breitzumachen begann. Wieso sah dieser Mann sie nicht an und vor allen Dingen, wieso sprach er sie nicht persönlich an. Erst viel später sollte sie erfahren, dass sein Verhalten Methode hatte: Willst du das unbegrenzte Interesse einer Frau gewinnen, beachte sie zunächst nicht; sie wird pikiert sein und alles tun, um deine Aufmerksamkeit auf sich zu lenken. Mit dieser Strategie hatte Chérif El-Raisuli auch bei Karima Erfolg. Sie entschied sich, ihm imponieren zu wollen und mit sehr gepflegten Worten auf Arabisch seine Aufmerksamkeit auf sich zu lenken. Sicherlich wusste er nicht, dass sie fließend Arabisch sprach. Sie nahm all ihren Mut zusammen, berührte Chérif El-Raisuli leicht am Arm, sah ihm tief in die Augen und begann zu sprechen.

»Ich habe mein Geologie-Studium mit ›sehr gut‹ abgeschlossen und darüber freue ich mich! Ich freue mich aber auch sehr, mit meinen Eltern zusammen zu Ihrem Fest eingeladen worden zu sein und Ihre Bekanntschaft machen zu dürfen.«

Chérif El-Raisuli war perplex, das war über-
deutlich. Damit hatte er nicht gerechnet. Es
gelang ihm aber noch, seine nicht mehr
ganz beherrschbaren Gefühle zu verbergen.
»Sie sprechen ja meine Sprache«, antwortete
Chérif El-Raisuli auf Französisch, »und wie
gewählt Sie sich ausdrücken, mein Fräulein!«. Er wusste nicht, ob die Neumanns
ebenfalls Arabisch sprachen, und wollte zu-
dem keinen Fauxpas begehen und in einer
Sprache antworten, die die übrigen Gäste
eventuell nicht oder nicht gut beherrschten.
Chérif El-Raisulis gewandter Generalsekretär unterbrach dezent die Unterhaltung und
deutete an, dass das Fest eröffnet werden
müsste. Chérif El-Raisuli entschuldigte sich
bei Karimas Eltern und dann passierte etwas, was es noch nie in der arabischen Gesellschaft gegeben hatte. Er reichte Karima,
einer jungen Frau, seine Hand und sagte,
nur ihr zugewendet, auf Arabisch:

»Sie sind so, wie Sie sich zeigen! Sie sind
ein aufrichtiger und wertvoller Mensch! Ich
mag Sie immer mehr!«
Chérif El-Raisuli drückte noch einmal fest,
aber zärtlich Karimas Hand und entfernte
sich. Karima dachte über seine Worte nach.

Was meinte er mit dem Zusatz »Ich mag Sie immer mehr«? Was hatte dieses »immer mehr« zu bedeuten? »Immer mehr« im Vergleich zu was? Sie konnte die Fragen nicht beantworten.

Die Reiterspiele – die FANTASIA – begannen. An dem der Tribüne gegenüberliegenden Ende versammelten sich die Reiter auf ihren mit arabischen Vollbluthengsten veredelten Berberpferden. Zwar zeigten diese Pferde nicht die Schnelligkeit der reinen Araber-Pferde, aber die Kreuzung brachte Tiere mit außergewöhnlich auffälliger Mähne und imposanterem Galopp hervor. Bei dieser FANTASIA wurde die in Marokko übliche Barouda gezeigt. Mehrere hundert Meter stürmten die Reiter auf die Tribüne zu, schossen kurz vor Erreichen der Tribüne mit ihren reichlich dekorierten Schwarzpulvergewehren aus vollem Galopp, bevor sie dann abrupt stoppten. Natürlich gab es auch Wertungen, Ergebnisse komplizierter Regeln. Besonders beeindruckt zeigten sich die Gäste von der Anzahl der Reiter. Mehr als fünfhundert Reiter waren auf der Strecke, und das war außergewöhnlich. Das Bild von dieser Horde, dieser Ansammlung der feurigen und eleganten Pferde, gravierte sich in die Erinnerung aller Beteiligten ein, sowohl der Gäste als auch der Reiter.

Zwischen den zwei Baroudas zeigten die tanzenden Pferde ihr Können. In einer Reihe vor der Tribüne standen etwas mehr als fünfzig schwarze Hengste mit in Weiß gekleideten Reitern dicht an dicht und fast ohne jede Bewegung. Alles war still, die Pferde, die Reiter, die Gäste. Nur ab und zu war das Schnauben eines Pferdes zu hören. Die Konzentration der Reiter und der Pferde wuchs, als ein kleiner Wimpel gehisst wurde. Sodann folgte ein knappes, schrilles Stimmkommando und alle Reiterpaare hoben zu tanzen an, in völligem Gleichklang der Schritte. Nach einer ersten Szene vollendeter Übereinstimmung weitete sich die Reihe aus und jedes Paar bot eine eigene Interpretation des Tanzes dar, ohne jedoch die Reihe aufzulösen. Plötzlich kam die Reihe in Bewegung, aber nur eine Pferdelänge vorwärts, dann stand die Reihe wieder still, wie vor Beginn des Tanzes. Das Ende dieser Vorführung war gekommen. Betörend brandete der Jubel der Gäste auf und mischte sich mit dem Geschrei der übrigen Reiter, die im Hintergrund warteten.

Fast unbemerkt verließ Chérif El-Raisuli das Spektakel, das inzwischen von Folklore und maurischer Musik abgerundet wurde. Die Neumanns kamen nur mit Mühe in der sich nun auflösenden Menschenmenge, die sich wieder zu kleinen und kleinsten Gruppen formierte, vorwärts. Sie wollten sich einer Gruppe von guten Bekannten anschließen, deren Plätze nicht in unmittelbarer Nähe zum Gastgeber gelegen hatten. Karima bemerkte, dass ihr persönlicher Butler ihnen folgte, auf Schritt und Tritt, ohne sie jedoch auch nur ansatzweise zu bedrängen. Sie drehte sich um und rief dem Butler zu, dass sie seine Dienste von nun an nicht mehr benötigten. Der Butler verbeugte sich und war wie vom Erdboden verschwunden.

Beim Abendessen fragte Karima insbesondere ihren Vater Löcher in den Bauch. Woher er denn Chérif El-Raisuli kenne, wieso sie eingeladen worden seien, wieso auch sie persönlich auf der Einladungskarte erwähnt wurde, wo er denn wohne, was er denn beruflich genau mache.

Karimas Vater beantwortete alle Fragen seiner Tochter so gut wie möglich, die Antworten interessierten auch Karimas Mutter sehr. Das Ereignis des Tages ließ die Familie erst los, als sie alle völlig übermüdet ins Bett fielen.

Karima wertete es als reinen Zufall, dass sie sich einige Tage später in der Altstadt in einem Basar wiedersahen, für Chérif El-Raisuli war es eher eine Fügung des Schicksals. Karima war auf der Suche nach einem Wandteppich, den sie ihrer Mutter schenken wollte. Er selbst suchte nach außergewöhnlichen Teppichen in Übergröße. Beide freuten sich über das unerwartete schnelle Wiedersehen und begrüßten sich so herzlich, als wären sie sehr gute Bekannte.
Der Inhaber des Basars lud beide zu einem Tee ein und servierte dazu in Zimt gewälzte geschälte Orangenscheiben. In einem gewaltigen Nebenraum, umringt von farbenfrohen Atlas- und Berber-Teppichen an den Wänden, unterhielten sie sich angeregt über arabische und europäische Kunst, über die Weltreligionen und deren Miteinander. Sie waren allein. Karim fühlte sich in Gegen-

wart dieses Mannes sehr wohl und genoss die Aufmerksamkeit, die er ihr schenkte. Er wollte viel von ihr wissen, wie sie im Allgemeinen über die Dinge des Lebens dachte, wie sie sich als Deutsche in Marokko fühlte und wie sie ihr weiteres Leben gestalten wollte. Unbefangen erzählte sie von ihren Überlegungen, ihren Plänen und ihrer Entscheidung, in den nächsten zwei Monaten nicht nach Deutschland zurückzukehren. Es irritierte sie ein wenig, dass er sich darüber zu freuen schien.

Der Inhaber des Basars präsentierte Karima seine Wandteppiche. Mehrere Prachtexemplare ließ er eigens aus dem naheliegenden Lager herbeiholen. Vor dieser riesigen Auswahl musste sie kapitulieren. Aber ein Chef, der einen Kunden den Basar verlassen lässt, ohne dass dieser etwas gekauft hat, ist kein guter Geschäftsmann. Daher vereinbarte er mit Karima, dass er ihr morgen einige Teppiche zur Auswahl nach Hause bringen werde. Natürlich müsse sie sich nicht verpflichtet fühlen, etwas kaufen zu müssen. Aber wenn ihr ein Teppich besonders gefalle, solle sie ihn gleich dort behalten. Über den Preis werde man sich schon einig. Zwei

Tage später kam es tatsächlich zu Verhandlungen und Karima wunderte sich, wie schnell sie sich über einen angemessenen Preis einig wurden.

4. Kapitel

GOURRAMA

Schon an der Universität hatte Karima von Gourrama gehört. Eine kleine, aber allen Geologen bekannte Stadt in Marokko. Sie liegt im östlichen Teil des Hohen Atlas, am Ausläufer des 2640 Meter hohen Bergmassivs Ait Serhouchen. Von dort stammen die besten und reinsten Quarze, die Marokko vorweisen kann, und sie sind in aller Welt sehr begehrt. Die dort ebenfalls vorkommenden Siderite sind ebenso hochklassig und nicht weniger begehrt. Karima hatte vor, die Gegend um Gourrama im Rahmen einer Exkursion in Augenschein zu nehmen und zu prüfen, ob sich dieses mineralreiche Gebiet nicht als Thema für ihre Doktorarbeit eignete. Entsprechende Vorgespräche hatte sie bereits in Köln mit einem potentiellen Doktorvater geführt, der sich sehr an Marokko interessiert gezeigt hatte. Sie wollte diese Exkursion aber alleine durchführen, um völlig unabhängig zu sein, zumindest in der ersten Phase der Erkundung. Sie wollte selbst entscheiden, wann, wo und wie lange sie arbeitete. Sie wollte nicht von unzähligen und anderslautenden Meinungen oder guten Ratschlägen überhäuft werden. Von dieser Entscheidung würde sie keiner abbringen!

Karimas Vater hatte es nach wenigen Tagen aufgegeben, immer wieder die Gründe aufzuzählen, die für eine begleitete Exkursion sprachen. Er kannte seine Tochter. Offenbar hatte sie seine Sturheit geerbt. Es blieb ihm nur übrig, Überzeugungsarbeit hinsichtlich der Modalitäten der Anreise zu leisten, was ihm auch gelang. Karima hatte sein Angebot, sie von einem Freund bis nach Ouarzazate fliegen zu lassen, angenommen. So würde sie sich zumindest schon einmal die eher unangenehme Fahrt von Marrakesch nach Ouarzazate sparen. Dort sollte sie dann einen Geländewagen der Dependance der väterlichen Firma nehmen und nach Gourrama fahren. Eine »Höllentour«, wie er sich ausdrückte.

Der Flug war angenehm und kurzweilig. Die ganze Region von oben zu sehen war für Karima berauschend, konnte sie doch die unterschiedlichen geologischen Formationen und Schichten einordnen. Der Freund ihres Vaters begleitete sie noch im Taxi bis ins Hotel Berbere Palace. In der Empfangshalle wartete bereits ein Mitarbeiter ihres Vaters und übergab ihr die Wagenschlüssel. Sein Angebot, die Handhabung des Fahrzeugs zu erklären, lehnte sie ab. Mit Geländefahrzeugen war sie vertraut. Karima war aber auch eine Genießerin. Sie hatte das Angebot ihrer Eltern gerne angenommen, vor der Exkursion noch einige Tage im Berbere Palace zu verweilen. Die Gäste des weithin bekannten Hotels ließen sich gerne von der Architektur des Hauses und des Gartens mit seinen nach Rosen und Jasmin duftenden Alleen und von der gastronomischen Vielfalt, die keine Wünsche offenließ, verzaubern. Abends ließ sich Karima eine B'stilla zubereiten, ihr Lieblingsgericht. Sie durfte selbst beim Chefkoch die Zutaten bestimmen und so orderte sie eine B'stilla mit Hühnerfleisch und nur zwölf dünnen Teiglagen. Der Chefkoch tat entrüstet. Seine B'stillas hätten doch immer über dreißig Lagen und würden mit Taubenfleisch gefüllt! Aber Karimas blaue Augen seien ihm Befehl, und er würde ihr die leckerste B'stilla zubereiten, die sie je gegessen habe.

Am nächsten Morgen kaufte Karima noch fünf Khaki-Hosen und zehn kurzärmelige Hemden, ihre Ausstattung an Arbeitskleidung. Mit mehr wollte sie sich kleidungsmäßig nicht belasten, denn das reichte allemal für das Klettern. Der Wagen war vollgetankt, ein voller Reservekanister lag im Kofferraum. Schon am frühen Morgen war es sehr warm, und für die lange Autofahrt hatte sich Karima entsprechend luftig angezogen. Schwitzen wollte sie während der Fahrt partout nicht, also trug sie ein weites Hemd zu ihrer sehr knappen kurzen Hose. Sie war schon gut zwei Stunden unterwegs, als der morgendliche Frühstückskaffee sich mit Druck meldete. Sie hielt an einer Ansammlung von Büschen und Bäumen an, stellte den Motor ab und begab sich ins Gebüsch. Als sie den Motor wieder starten wollte, gab es eine kleine Verpuffung und ein Zischen. Sie stellte die Zündung aus und machte die Motorhaube auf. Es war nichts zu sehen, alles schien in Ordnung zu sein. Bei offener Motorhaube versuchte sie den Motor erneut zu starten, aber nichts tat sich. Auch die weiteren Versuche scheiterten. Sie musste somit den nächsten Wagen anhalten und um Hilfe bitten. Auf der ganzen Strecke waren ihr bislang allerdings nur wenige Fahrzeuge entgegengekommen, was sicherlich darauf zurückzuführen war, dass es Sonntag war. Weit und breit war kein Wagen zu sehen oder zu hören. Was sie aber sah, waren zwei Männer, die von einem Hügel herab auf sie zukamen. Sie hielten ein paar Mal an, berieten sich und schlenderten weiter in ihre Richtung. Karima wurde die Situation unheimlich. Und wieder kamen die Männer ein Stück näher. Jetzt fiel ihr auf, dass sie sehr freizügig gekleidet war, und ahnte die Absicht der beiden Männer. Aus ihrem anfänglichen Unbehagen wurde Angst. Sie musste fliehen, aber sie konnte nicht. Sie stieg in den Wagen und versuchte hastig, den Motor noch einmal zu starten. Die Männer blieben erneut stehen. Der Motor sprang nicht an. Auch die Türen des Geländewagens ließen sich nicht verriegeln, stellte sie mit Entsetzen fest. Nichts ging mehr. Die Männer setzten sich wieder in Bewegung und kamen immer näher, nunmehr zynisch grinsend. Karima überlegte panisch, was sie machen sollte: im Wagen bleiben oder draußen vor dem Wagen stehen? Sie entschied sich für Letzteres und rief den nur noch wenige Schritte von ihr entfernten Männern zu, sie brauche keine Hilfe, ihr Vater sei mit einem anderen Wagen schon unterwegs und hätte eigentlich längst da sein müssen. Und wieder berieten sich die Männer. Einer von ihnen öffnete seinen Gürtel und ging auf den Wagen zu. Der andere holte eine Kordel aus seiner Hosentasche. Sein Gesichtsausdruck zeigte Entschiedenheit.

Ein Brummen ging durch Karimas Kopf, sie wusste, was die beiden Männer vorhatten. Das Brummen wurde lauter und lauter. Ihre Angst paralysierte sie völlig. Sie bewegte sich keinen Zentimeter. Das Brummen wurde inzwischen so laut, dass sie aus ihrer Lähmung erwachte. Sie nahm jetzt das

Brummen als Geräusch aus der Umgebung wahr. Die zwei Männer hielten kurz vor Karima inne und starrten auf die zwei schwarzen Geländewagen, die mit sehr hoher Geschwindigkeit auf sie zusteuerten. Die Fahrzeuge wurden zwar schnell langsamer, schienen aber nicht anhalten zu wollen. Der erste Wagen fuhr knapp an Karima vorbei, legte dann aber eine Vollbremsung hin. Der zweite Wagen hielt genau auf der Höhe von Karimas Wagen. Sie wusste nicht, wohin sie sehen sollte. Zu dem ersten Wagen rechts von ihr, zu dem anderen Wagen links von ihr, zu den zwei Männern? Nichts tat sich, nichts rührte sich. Die zwei Männer starrten wie angewurzelt auf die schwarzen Wagen. Sekunden vergingen, für Karima schien es eine Ewigkeit. Sie wusste immer noch nicht, ob nun Hilfe gekommen war oder die ganze Situation noch brenzliger für sie werden würde. Wer saß in den zwei schweren Geländewagen?

Plötzlich ging die Beifahrertür des ersten Wagens auf und ein stämmiger Marokkaner in einem schwarzen Anzug stieg aus, ein Gewehr im Anschlag. Er zielte auf die zwei Männer und befahl ihnen, sich auf den Boden zu legen. Nun öffnete sich die hintere Tür und ein weiterer Marokkaner im Anzug stieg aus und ging auf Karima zu.

»Haben Sie keine Angst. Wir haben die Situation im Griff. Es wird Ihnen nichts geschehen. Was ist hier los?«

»Ich habe eine Autopanne. Der Motor springt nicht mehr an. Und die zwei Männer hatten wohl vor, mir etwas anzutun«, erwiderte sie etwas erleichtert, denn sie war nicht mehr alleine und die Situation hatte sich völlig verändert. Zwar wusste sie nicht, wer nun diese Männer in schwarzen Anzügen waren, aber die teuren Geländewagen ließen nicht den Schluss zu, dass sie noch bangen musste, vergewaltigt zu werden. Der Marokkaner setzte sich in Karimas Wagen und versuchte den Motor zu starten, jedoch ohne Erfolg. Er ging zu dem hinteren Wagen und sprach durch den dünnen Schlitz am hinteren Fenster. Er nickte und kam auf Karima zu.

»Der Mahdi bietet Ihnen an, mit ihm zu kommen und in seinen Mauern auf die Reparatur Ihres Wagens zu warten. Wir werden den Wagen hier vor Ort bewachen, bis er abgeschleppt wird. In unserer Werkstatt wird Ihr Wagen repariert werden können. Sodann könnten Sie Ihren Weg fortsetzen.« Sie war so entzückt, nicht nur von der Hilfsbereitschaft dieser Leute, dass sie die Nuance »sie könnte« nicht registrierte. Sie war beschäftigt mit der Frage, wieso der Marokkaner seinen Auftraggeber Mahdi nannte, den »von Gott Geleiteten«. Doch irgendwie wuchs ihr Gefühl der Sicherheit, denn der »von Gott Geleitete« würde doch nicht zulassen können, dass ihr etwas zustieß. Also nahm sie das Angebot an. Der stämmige Marokkaner verharrte immer noch mit dem Gewehr im Anschlag an Karimas Wagen angelehnt, die zwei potentiellen Übeltäter streng im Blick.

Zusammen mit ihrem Gesprächspartner holte Karima ihre persönlichen Sachen aus dem Kofferraum ihres Wagens und verstaute diese im ersten der beiden Geländewagen. Dort durfte Karima auf der Rückbank Platz nehmen, vorne neben dem Fahrer hatte ihr Gesprächspartner Platz genommen, mit einem Gewehr auf dem Schoß. Als die beiden Geländewagen losfuhren, drehte sich Karina noch einmal um und sah die drei

Männer, die zurückblieben, immer kleiner werden. Nach einer knappen Stunde, in der keiner der Insassen sprach, erreichten sie das Ziel. Von der Straße aus konnte sie nichts erkennen, die Mauern des Anwesens waren zu hoch. Sie registrierte nur eine Haupteinfahrt und die davor stehenden vier Wächter äußerst dunkler Hautfarbe. Diese ließen den ersten Wagen passieren und als der zweite Wagen an ihnen vorbeifuhr, verbeugten sie sich ehrerbietig. Der »von Gott Geleitete« dachte Karima und ertappte sich dabei, ein wenig zu spöttisch gedacht zu haben, war es doch er gewesen, der sie gerettet hatte. Der Wagen fuhr durch einen dichten Palmenhain und plötzlich gingen Karima die Augen über. Eine riesige quadratisch angelegte maurische Burg aus Sandstein, mit fünfstöckigen runden Ecktürmen, die durch dreistöckige, breite Trakte verbunden waren. Der Wagen vor ihr bog vor der Burg links ab und verschwand um die Ecke. Der Wagen, in dem sie saß, steuerte rechts herum und hielt neben einer breiten zweiflügeligen Eingangstür aus geschnitztem Holz. Der Beifahrer stieg aus, holte ihre Taschen aus dem Wagen und übergab sie einem jungen Burschen, der sie schon an der schweren Holztür erwartete. In seinem blauen Kaftan, der ihm bis zu den Knöcheln reichte, sah der Junge sehr gekleidet aus.

»Ich heiße Sie willkommen. Mein Name ist Ali und ich bin Ihr persönlicher Diener. Sie sollen den Turmbereich ganz oben bekommen. Es ist Ihr persönlicher Rückzugsraum, wir sprechen hier allgemein nicht von Zimmern, und dieser Raum hat auch den schönsten Ausblick. Wie müssen die Treppen hinauf gehen. Ich bringe Ihnen dann gleich Wasser und Orangen. Haben Sie sonst noch einen Wunsch? Egal was es ist, bitte lassen Sie mich wissen, wenn ich Ihnen etwas bringen kann. Bitte achten Sie auf die Sterne, die wir auf unserer Kleidung tragen. Einen Stern tragen die Diener, zwei Sterne tragen die Vorgesetzten und drei Sterne tragen nur die Palastwächter. Die sind ganz gefährlich!«, sagte der Diener voller Erfurcht.

»Halt!«, antwortete Karima ziemlich energisch, denn sie hatte schnell bemerkt, dass »ihr« Diener sehr nervös, wenn nicht ängstlich war und deshalb ununterbrochen redete. »Zeige mir bitte erst meinen Bereich. Alles andere wird sich dann ergeben! Und sprich nur, um Fragen zu stellen oder auf meine zu antworten!«

Die größte Fläche ihres Bereiches nahm das überbreite Himmelbett ein, das in der Mitte des Raums thronte. Links daneben eine einladende kleine Sitzecke, von der man, ebenso wie vom Bett, durch die tiefen Fenster auf den riesigen Garten im Innenhof der Burg schauen konnte. Rechts befand sich das Badezimmer, das nichts vermissen ließ, selbst an Schminkutensilien war gedacht worden. Karima nahm ein Bad und rieb sich mit Rosenöl ein. Kaum hatte sie sich der Schminkutensilien bedient, klopfte es an der Tür. Ali überreichte ihr eine Kanne mit frisch gepresstem Orangensaft und teilte ihr mit, dass der Mahdi sie zu sprechen wünsche. Schnell trank sie ein volles Glas Orangensaft, dann folgte sie ihrem Diener durch die langen Gänge und unzähligen Türen, während ihr Blick aufmerksam und staunend umherstreifte. Ali blieb vor einer riesigen Holztür stehen, in die eine kleinere, aber immer noch imposante Tür eingelassen war. Er klopfte diskret, aber es klang, als hätte er mit Macht gegen die Tür geschlagen. Er zuckte zusammen, öffnete die kleinere Innentür und bat Karima einzutreten. Sie fand sich in einem riesigen Konferenzraum wieder, in dessen Mitte ein Tisch mit Sesseln für nahezu dreißig Personen stand. Alle Wände des Raums waren mit deckenhohen Bibliotheksregalen ausgekleidet, in denen tausende von Werken standen. Das gesamte Mobiliar war aus echtem Mahagoni. Im hinteren Bereich des Raumes fand sich ein enormer ovaler Schreibtisch, hinter dem der Mahdi saß.

Als sie ihn erkannte, schreckte sie auf und begann am ganzen Körper zu zittern. Es war Chérif El-Raisuli! Er erhob sich, kam um den Schreibtisch herum, nahm ihre Hand und begrüßte sie mit einem Lächeln. Auch diesmal war das Lächeln charmant, seine Ausstrahlung ließ keinen Zweifel offen, dass man sich in seiner Gegenwart sicher und geborgen fühlen konnte.

»Karima. Darf ich Sie Karima nennen?«, fragte er mit seiner tiefen, aber angenehmen Stimme.

»Ja, natürlich!«, antwortete Karima, noch ganz benommen. Er forderte sie auf, doch an der Stirnseite des Tisches Platz zu nehmen, vor ihr nur die breitflächige Platte des überlangen Tischs. Erst nach dem Gespräch wurde ihr klar, dass Chérif El-Raisuli sie mit Absicht dort hatte Platz nehmen lassen. Ihr Blick sollte nicht umherschweifen, sondern sie sollte konzentriert dem lauschen, was er ihr zu sagen hatte, und ungestört darüber nachdenken können. Er selbst setzte sich nicht, sondern blieb hinter Karima stehen und legte seine Hände auf ihre Schultern. Sie schauderte und spürte eine ihr unbekannte Erregung aufsteigen.

»Karima! Ich bin froh, dass Sie heil und gesund sind. Ich bin froh, dass Sie hier sind, denn ich habe Ihnen viel zu sagen und ja, ich muss Ihnen auch einiges gestehen.« Dann setzte er sich.

»Ich danke Ihnen von ganzem Herzen, dass Sie mich gerettet haben und mich hier so freundlich aufnehmen. Sie hätten mich auch in ein Hotel nach Gourrama bringen lassen können. Aber ich muss Ihnen gestehen: Ich bin sehr gerne hier, Chérif El-Raisuli.«

»Karima, nennen Sie mich bitte Khaled. Nur um einen Gefallen möchte ich Sie bitten. Unsere Sitten verbieten es, dass wir uns duzen, zumal wir noch Fremde sind. Es muss somit, was auch immer geschehen mag, beim Sie bleiben. Können Sie mir versprechen, dass Sie diese Abmachung einhalten?«

»Erlauben Sie mir zunächst, dass ich Ihnen beim ersten Aussprechen Ihres Vornamens in die Augen schaue?«

»Ja, natürlich, warum nicht?« Karima drehte ihren Kopf und schaute ihm in die Augen. »Khaled«, sagte sie mit leicht vibrierender Stimme und verstand dabei ihre Gefühle nicht mehr. War da ein Funke an Zuneigung in ihren Worten zu erkennen?, fragte sie sich spontan. »Khaled, ich verspreche es Ihnen.«

»Meine liebe Karima, als Erstes möchte ich Ihnen Folgendes erklären. Meine Mutter ist vor wenigen Tagen gestorben. Ich habe sie in den letzten Wochen vor ihrem Tode regelmäßig besucht und habe Stunden an ihrem Bett gesessen. Meine Mutter war noch voll bei Sinnen, nur die vielen und starken Schmerzmittel trübten ihr Allgemeinbefinden. Um der Traurigkeit für kurze Zeit zu entgehen, begab ich mich ab und an auf die große Dachterrasse ihres Hauses. Es liegt genau gegenüber vom Hammam, den Sie besucht haben, und so konnte ich Sie von der Dachterrasse aus beim Betreten des Hammams beobachten. Ich gebe gerne zu, dass sich daraufhin meine Besuche bei meiner Mutter häuften und es mich immerzu auf die Dachterrasse zog, in der Hoffnung, Sie wiederzusehen. Vielleicht ist mein Verhalten kindisch, aber ich wollte Sie wiedersehen.« Chérif El-Raisuli setzte sich neben Karima und nahm ihre Hände. »Karima, ich hatte den Wunsch, Sie wiederzusehen, und habe über die Angestellte im Hammam mehr über Sie erfahren. Ich bitte Sie, mir zu vergeben, dass ich Ihnen hinterherspioniert und Erkundigungen über Sie eingeholt habe. Aber bitte verstehen Sie mich: Ich musste wissen, auf welchem Wege ich Kontakt zu Ihnen aufnehmen könnte.«

Karima wusste nicht, wie sie diese Worte einordnen sollte. Das, was sie eben vernommen hatte, war doch eine Liebeserklärung gewesen, oder nicht? Was meint ein so wichtiger Mann, wenn er sich so erklärt? Karima sah ihn an, er hielt ihrem Blick stand.

»Haben Sie deshalb meine Eltern und mich zu der FANTASIA eingeladen, Khaled?«, fragte sie herausfordernd.

»Nachdem ich entschieden hatte, dass Ihre Eltern ohnehin meine Gäste sein würden, habe ich Order gegeben, die Einladungskarte um Ihren Namen zu ergänzen. Ja, ich wollte Sie offiziell kennenlernen.«

»Und warum, Khaled?«

»Karima, ich bin kein Mann, der lange um den heißen Brei herumredet. Ich habe Sie gesehen und auch wiedergesehen. Ich musste danach immer wieder an Sie denken. Ich musste mir daher Klarheit verschaffen, was ich will und was mir meine Gefühle sagen wollen. Und wenn ich das weiß, dann werde ich es Ihnen sagen und Ihre Meinung dazu mit großer Erwartung hören. Wenn der Zufall es nicht gewollt hätte, dass wir uns wieder begegnen, wie heute unter diesen recht merkwürdigen Umständen, dann hätte ich Wege gefunden, Sie in Marrakesch zu treffen.«

Sie erhob sich und Chérif El-Raisuli tat es ihr sofort nach. Sie müsse das, was sie gerade gehört habe, erst einmal überdenken, und wolle sich jetzt gerne zurückziehen.

»Karima, ich komme heute Abend zu Ihnen und hole Sie zum Essen ab.«

»Ich freue mich!«, sagte sie, stellte sich auf die Zehenspitzen und gab Chérif El-Raisuli einen kurzen Kuss. Seine Lippen schmeckten süß.

Kaum war sie unter Führung ihres Dieners in ihren Bereich zurückgekehrt, hörte sie draußen Stimmen und Motorgeräusche. Sie schaute aus einem Fenster und sah einen Abschleppwagen, der ihren Geländewagen am Haken hatte. Ein Mechaniker winkte den Abschleppwagen in eine Halle in dem hinteren Verbindungsgebäude.

Sie versuchte einzuordnen, was eben geschehen war. Was hatte das alles zu bedeuten? Hatte sie Chérif El-Raisulis Worte richtig verstanden, seine Absichten richtig gedeutet? Was sie erschreckte, war ihre spontane Reaktion. Wieso hatte sie sich bei ihm mit einem Kuss verabschiedet, mit einem Kuss auf den Mund? Was passierte hier eigentlich? Karima warf sich auf das

Bett und schlief wenige Sekunden später ein. Das, was sie bislang an diesem Tage erlebt hatte, war reichlich und genug.

Die Sonne stand noch am Horizont, als Chérif El-Raisuli leise an ihre Tür klopfte. Karima hatte sich herausgeputzt und glich einem Engel. Ihr Diener hatte ihr einen zarten, nahezu durchsichtigen weißen Kaftan mit goldenen Ornamenten auf einen Stuhl gelegt. Ihr rotes Minihöschen schimmerte durch, mehr trug sie nicht darunter. Sie öffnete die Tür und Chérif El-Raisuli trat ein, eine Flasche Champagner in der einen Hand, zwei Champagnergläser in der anderen. Bei ihrem Anblick blieb er stehen und schwieg. Nur seine Augen schienen zu verraten, was in ihm vorging. Er öffnete die Flasche und schenkte gekonnt, ohne auch nur einen Tropfen zu vergießen, die beiden Gläser halbvoll.

»Karima, ich bin geblendet. Aber nicht die Sonne blendet mich!«

Sie ging auf ihn zu und nahm das Glas, das er ihr reichte. Beide hoben die Gläser diskret hoch und tranken einen Schluck. Dann nahm er sie an der Hand und führte sie hinaus. Karima war etwas erschrocken, hatte sie diesen Fortgang nicht so erwartet. Chérif El-Raisuli ging mit ihr durch den Garten und erst jetzt stellte sie fest, wie weitläufig dieser war. Die vielen Arganölbäume fielen ihr gleich auf, waren es doch diese kostbaren Bäume, dessen Öl sehr vielen Menschen im Süden Marokkos eine Existenz sicherte und das auch das »Gold von Marokko« genannt wurde. Unter einem hohen, gelb blühenden Eukalyptusbaum stand ein weit geöffnetes Zelt. Sie erkannte, dass es darin weder einen Tisch noch Stühle gab, dafür aber bunte und lange Sitzkissen auf mehreren, kreuz und quer aufeinandergelegten Teppichen.

Sie speisten fürstlich. Die Djaja Mahamara aus Huhn, Mandeln, Rosinen und Grieß regte als flüssige Vorkost ihren Appetit richtig an. Die nachfolgende Tajine aus Ochsenfleisch wurde in einer Pfanne zusammen mit Gemüse, Pflaumen und Mandeln vor ihren Augen zubereitet und mit Zimt abgeschmeckt. Die Keftabällchen ließen sie diskret ausfallen, denn der Knoblauch passte nicht zu dem, was ihnen die Nacht vielleicht verhieß. Das Méchoui aus fein gebratenem Lamm beendete den Schmaus. Sie tranken viel Wasser und zum Abschluss noch einen Pfefferminztee. Während der ganzen Zeremonie kamen sich ihre Körper immer näher und Karima spürte durch den dünnen Kaftan seine suchenden Hände, die immer mehr verlangten und immer mehr bekamen. Chérif El-Raisuli begleitete sie zurück. Vor der Tür nahm er sie um die Taille und presste sie an sich. Er küsste sie fordernd und sie gab sich dem leidenschaftlich hin. Er sah ihr in die Augen und sagte nur noch »Schlaf gut, mein Engel«.

Vor dem Sonnenaufgang klopfte es leise an ihrer Tür und ihr Diener fragte, ob er das Frühstück servieren könne. Karima stieg aus dem Bett und begab sich ins Badezimmer. Der Diener durfte eintreten, bereitete das Frühstück vor und entfernte sich wieder. Als Karima nackt aus dem Bad kam, stand Chérif El-Raisuli vor ihr. Sie ging auf ihn zu und umarmte ihn. Er küsste sie und sie spürte, dass er sie haben wollte. Auch sie spürte ihr Verlangen. Chérif El-Raisuli hob sie hoch und setzte sie aufs Bett. Er reichte ihr einen Brief und entfernte sich, ohne ein Wort zu sagen. Sie hatte seine leichte Verbeugung bemerkt und wusste, dass dies ein

Zeichen höchsten Respekts war. Hastig öffnete sie den Umschlag und las.

Karima!
Wenn der Blick in die Zukunft dir schwerfällt,
wenn dir bange ist vor jedem Schritt,
dann soll sich dein Herz nicht erschrecken!
Du darfst glauben,
ich gehe mit dir und ich bin bei dir.
Khaled

Das Klopfen an der Tür riss Karima aus der Welt ihrer Träume. Sie öffnete und erkannte den Generalsekretär, der sie und ihre Eltern bei der Fantasia begrüßt hatte, sofort wieder.

»Fräulein Neumann, der Mahdi lässt sich für die nächsten drei Tage entschuldigen. Er muss eine Konferenz vorbereiten, die hier ab morgen für zwei Tage stattfindet und die er leitet. Wenn Sie einen Wunsch haben, Ihr Diener wird Ihnen diesen erfüllen. Und er wird Sie führen, wohin Sie wollen. Im Notfall können Sie jederzeit einen der Wächter ansprechen. Es wird Ihnen geholfen werden. Der Mahdi wünscht Ihnen einen schönen Tag. Ich darf mich diesen Wünschen anschließen.«

Karima bat den Diener, sie zur Werkstatt zu führen. Ihr Geländewagen stand in der Mitte des Raumes, so proper und glänzend wie nie zuvor. Zwei Mechaniker kamen auf sie zu und erklärten ihr, dass das Hauptkabel zur Zündspule einen Riss hatte und die gesamte Elektrik zum Erliegen gekommen war. Es sei aber alles repariert und sie könne ohne jegliche Bedenken mit dem Wagen fahren.

Karima packte ein paar Sachen zusammen. Sie wollte zu den Salzbrunnen von Gourrama aufbrechen. Sie war gespannt auf die geologischen Entdeckungen, die sie am ersten Tag ihrer Erkundung machen würde. Sie versuchte, sich auf das zu konzentrieren, was Grund ihrer Reise war. Doch es war und blieb ein Versuch.

5. Kapitel

DIE DREI NEINS

Die Teilnehmer der von Chérif El-Raisuli organisierten Konferenz flogen überwiegend per Hubschrauber aus Rabat und Casablanca ein. Der Landeplatz mit dem überdimensionalen, von oben aber gut erkennbaren weißen »H« war nur wenige hundert Meter von der Burg entfernt, auf einer Rasenfläche so groß wie ein Fußballplatz. So konnte das Aufwirbeln des Sandes vermieden werden.

Nachmittags um vierzehn Uhr begrüßte Chérif El-Raisuli seine Gäste im Konferenzzimmer. Es waren sehr hochrangige und einflussreiche Politiker sowie Aktivisten, vier aus Israel und je zwei aus Ägypten, Saudi-Arabien, Oman, Katar, Iran, Irak, Libyen, Syrien, Libanon und Palästina. Der König von Marokko hatte die Durchführung dieser geheimen Konferenz genehmigt und zugestimmt, dass alle Teilnehmer sich inoffiziell in Marokko aufhalten durften.

1. Konferenztag

»Meine Herren, ich begrüße Sie hier im Schutze meiner bescheidenen Mauern. Diese Mauern werden nichts, aber auch gar nichts von dem preisgeben, was wir während unserer Konferenz besprechen und – wie ich hoffe – auch entscheiden werden. Ich erinnere noch einmal daran, dass das gesamte Anwesen mit Störsendern versehen wurde, damit kein Telefonat oder Funkspruch abgesetzt werden kann. Sie alle hatten ja vorab diesen Vorsichtsmaßnahmen zugestimmt. Auch bitte ich um Verständnis, dass die Bussarde, die unsere Freunde aus Saudi-Arabien mitgebracht haben, in die Obhut meiner Tierpfleger gegeben werden. Es wäre sehr schade, müssten diese Tiere abgeschossen werden.«
Natürlich hatten alle Teilnehmer verstanden, dass damit auch dieser Weg, eine

Nachricht zu senden, versperrt war. Chérif El-Raisuli stand an der breiten Seite des Tisches, mit dem Rücken zum Fenster, durch das die Sonnenstrahlen fielen, als wollten sie ihn in den Glanz einer Aureole tauchen. Er holte erneut tief Luft.

»Lösen wir uns in diesen Tagen von allen Empfindungen, die uns an unsere Nationalitäten und Religion bindet. Nur dann, aber auch nur dann haben wir eine Chance, unserem Ziel näher zu kommen. Das Nein zur Anerkennung Israels, das Nein zum Frieden mit Israel und das Nein zu Verhandlungen mit Israel, diese drei Neins, das Triple-Veto der arabischen Gipfelkonferenz von Khartum im Jahr 1967, hat vielen Ländern nur Tod, Elend und Not gebracht. Der ganze Nahe Osten ist instabil, in religiöser, politischer und wirtschaftlicher Hinsicht. Aber noch viel früher, schon 1965 mit dem Fatah-Tag am 1. Januar, mit diesem Tag des organisierten bewaffneten Kampfes gegen Israel, haben wir das Zeichen für eine dauerhafte Destabilisierung gesetzt.«

Chérif El-Raisuli setzte sich und ließ seine Worte wirken. Seine geistige Anspannung war nicht zu übersehen und erfasste auch die übrigen Teilnehmer der Runde. Alle waren sich des Kernproblems, das Chérif El-Raisuli angesprochen hatte, voll bewusst. Es war diese hartnäckige Versagung der Anerkennung des Staates Israel. Denn Israels nationale Identität war untrennbar verknüpft mit seiner religiösen Identität. Einen Staat Israel zu akzeptieren hieße, einen nicht islamischen Staat zu dulden, inmitten der islamischen Welt. Alle Teilnehmer kannten die einzelnen Vorstöße, das Existenzrecht Israels anzuerkennen, wie der von Arafat im Jahre 1993. Dieser Vorstoß hatte keinen Durchbruch gebracht, ebenso wenig die arabische Friedensinitiative von 2002, die eine vollständige Normalisierung der Beziehungen im Gegenzug für einen vollständigen Rückzug Israels aus den besetzten Gebieten vorgeschlagen hatte. Allerdings wussten auch alle Teilnehmer, dass das von den Arabern geschmiedete gemeinsame Feindbild Israel im Grunde eine stabilisierende Wirkung hatte. Gerade Syrien und Libanon konnten bis zum Ausbruch der syrischen Revolution große innenpolitische Probleme vermeiden.

Einer der Delegierten Israels stand auf und durchbrach die nachdenkliche Stille im Raum. Seine Stimme klang versöhnlich.

»Meine Herren, lassen Sie mich die Anfänge des Konflikts in Erinnerung rufen. Vielleicht können wir uns auf einen Punkt einigen, an den sich anknüpfen lässt. Palästina existiert seit dem 2. Jahrhundert und seitdem ist dieses Gebiet ein Zankapfel. 1947, erst zwei Jahre nach Ende des zweiten Weltkriegs, beschlossen die Vereinten Nationen die Teilung des damals britischen Mandatsgebietes in einen arabischen und einen jüdischen Staat. Hätten alle arabischen Staaten damals diese Teilung anerkannt, würden heute im Libanon und in Palästina wirtschaftlich paradiesische Verhältnisse herrschen. Die umgehende Staatsgründung Israels beantworteten die arabischen Staaten jedoch mit Krieg. Die erste palästinensische Regierung – erlauben Sie mir, diese als ›noch im Gründungsstadium befindlich‹ zu bezeichnen – reklamierte aber das gesamte Gebiet für sich. Als Reaktion auf die arabische Kriegserklärung drangen israelische Truppen weit in das palästinensische Gebiet ein und viele Palästinenser flohen aus ihrer

Heimat. Mangels internationaler Anerkennung der ersten palästinensischen Regierung beschlossen die Vereinten Nationen das Rückkehrrecht für alle palästinensischen Flüchtlinge in ihre Ursprungsdörfer, was Israel jedoch einzulösen verweigerte. Und seitdem haben wir das ungelöste Problem der Flüchtlinge.«

»Der Ansatz, die Entwicklung des Konflikts noch einmal kurz zu reflektieren, ist sicherlich hilfreich!«, sagte der Vertreter Ägyptens. »Auch wir haben in dieser Zeit zur Verhärtung der Fronten beigetragen, denken Sie nur an die Verstaatlichung des Suezkanals. Damit aber nicht genug: Elf Jahre später sperrten wir den Golf von Akaba für den Schiffsverkehr von und nach Israel und vereinten in unbegrenzter, ja vielleicht blinder Kampfes- und Vernichtungslust unsere Glaubensbrüder aus Jordanien und Syrien entlang der Grenze zu Israel. Die kriegerischen Auseinandersetzungen dauerten zwar nur sechs Tage, die Ihnen allen bekannten Folgen wirken aber noch heute nach. Eine erste offizielle Anerkennung einer palästinensischen Vertretung hatten wir dann 1974 anlässlich der arabischen Gipfelkonferenz in der Hauptstadt Ihres schönes Landes, Chérif El-Raisuli, und natürlich durch die anschließende Anerkennung eines Beobachterstatus Palästinas durch die Vereinten Nationen.«

Am späten Nachmittag, am Ende der Vorträge, bedankte sich Chérif El-Raisuli bei seinen Gästen für ihre anregenden Beiträge und schlug vor, den Konferenztag mit dem bislang erreichten Pensum zu beenden. An dem Abend blieb es still in der Burg. Die Konferenzteilnehmer hatten alle Hände voll zu tun, die Anregungen und weiterführenden Aussagen, die ihnen der Konferenztag gegeben hatte, in ihren eigenen Vortrag einzuarbeiten. Sie arbeiteten, jeder für sich, bis tief in die Nacht hinein. Ihre Diener hatten ihnen das Abendmahl direkt ins Zimmer serviert.

Chérif El-Raisuli klopfte an Karimas Tür und ging ohne abzuwarten hinein. Karima sprang vom Bett auf und legte sich in seine offenen Arme. Sie seufzte und sah ihn an.

»Sie sind müde, Khaled, sehr müde.«

»Es war sehr anstrengend heute. Ich werde gleich noch arbeiten müssen. Ich wollte

Sie nur sehen und Ihnen eine gute Nacht wünschen, Karima. Haben Sie einen schönen Tag gehabt? Fehlt Ihnen etwas?«

»Ja, Khaled, Sie! Können Sie noch bleiben?«

»Nein, mein Engel! Ich muss jetzt gehen.«

»Khaled, ich habe noch zwei Fragen. Darf ich Ihnen diese jetzt stellen? Es ist wichtig für mich, denn die Nacht ist lang und zu lang, um ohne Antworten bleiben zu können.«

»Stellen Sie mir die Fragen, Karima, ich werde sie beantworten.«

»Warum nennt man Sie hier Mahdi?«

»Diese Frage will ich gerne beantworten. All die vielen Leute, denen ich Arbeit gebe und für deren Wohlergehen ich sorge, denen ich eine medizinische Versorgung garantiere und die mich aufsuchen, um ihre Streitigkeiten zu klären, all diese Menschen wertschätzen meinen Rat und meine Stimme als die des von Gott Rechtgeleiteten. Und nun zu Ihrer zweiten Frage, Karima.«

»Wo ist Ihre Frau? Ich möchte sie sehen!« Chérif El-Raisuli zuckte zusammen, hatte er doch diese Frage nicht erwartet. Noch viel mehr irritierte ihn aber der Nachdruck in Karimas Forderung.

»Karima, was wäre die Konsequenz, was würde aus den Gefühlen, die wir füreinander hegen, kämen Sie mit meiner Frau zusammen?«

»Khaled, unsere Beziehung ist jung. Sie kann aber nur dann alt werden, wenn sich ihr nichts in den Weg stellt. Unsere Beziehung kann nur dann leben, wenn wir sie offen und ehrlich, im Einklang mit unserer religiösen Überzeugung eingehen.«

»Kommen Sie, Karima. Kommen Sie, wir gehen zu meiner Frau.«

Es waren Worte, die Karima eigentlich nicht hören wollte, würden sie doch vielleicht das Ende ihrer erst kurzen Liebe bedeuten. Unablässig kreisten ihre Gedanken um diese Worte. Chérif El-Raisuli führte Karima quer durch die Burg bis zum hintersten Winkel. Er ließ seine Wächter eine Eisentür öffnen und führte Karima aus der Burg hinaus. Vor ihnen lag ein kleiner dichter Wald, Eukalyptus- und Arganölbäume drängten sich sehr dicht aneinander. Plötzlich blieb Karima wie angewurzelt stehen, sie glaubte, ihren Augen nicht trauen zu können. Sie glaubte, vor dem riesigen persischen Mausoleum von Fariduddin Attar zu stehen. Sie war verwirrt, hatte sie doch noch vor fast zwei Jahren anlässlich einer Studienreise in den Iran dieses beeindruckende Bauwerk dort besichtigt.

»Wie kommt das Mausoleum aus Nischapur hierher?«, fragte sie.

»Es ist eine exakte Kopie, eins zu eins, Stein für Stein. Jedes Mosaikbild gleicht in Größe und Farbe dem Original.«

»Khaled, führen Sie mich bitte jetzt zu Ihrer Frau.«
Die Wächter öffneten die gewaltigen Türflügel und sie betraten den Innenraum. Nur das Licht, das durch die offene Tür einfiel, leuchtete den Raum aus. In der Mitte stand ein Sarkophag, wie ihn Karima noch nie gesehen hatte. Kein Detail hätte noch prunkvoller sein können.

»Hier liegt meine Frau! Hier liegt sie seit einem Vierteljahrhundert, und die fünf Jahre davor lag sie in einem Mausoleum in der Nähe von Gourrama. Sie ist bei der Geburt unseres Sohnes Sharif gestorben. Ich hatte sie am Mausoleum in Nischapur kennengelernt, sie war Iranerin. Dort hatte ich sie das erste Mal gesehen und angesprochen. Und deshalb steht dieses Mausoleum hier. Wir waren damals beide erst zwanzig Jahre alt. Nach nur zwei Monaten heirateten wir, nach weiteren neun Monaten gebar sie unseren Sohn.«

Schweigend kehrten beide bis zu Karimas Bereich zurück. Schweigend nahm er sie in die Arme, drückte sie behutsam an sich und gab ihr einen Kuss auf die Stirn. Schweigend betrat sie ihren Bereich.

2. Konferenztag

Die ersten vier Vorträge und zahlreiche Wortbeiträge dazu zeigten den unbedingten gemeinsamen Willen, Lösungsansätze für die Beilegung des Nahostkonfliktes zu erarbeiten. Sehr deutlich wurde die Forderung nach pragmatischen Lösungen laut. Zwei Arbeitsgruppen wurden gebildet, und jede Gruppe sollte am späten Abend ein auf eine konkrete und brauchbare Lösung ausgerichtetes Ergebnis vorstellen: Welche konkreten Maßnahmen sind zu initiieren, welche Hindernisse können im Zuge der Umsetzung auftreten und mit welchen Kontrollmechanismen sollen die Schritte bis zum Erreichen des Ziels begleitet werden?

Am Nachmittag trafen sich die Delegierten von Saudi-Arabien und Ägypten im Garten, das Thermometer zeigte noch 43° C an. Sie begaben sich in das große Zelt und ließen sich Pfefferminztee reichen. Die Diskussionen in ihrer Arbeitsgruppe gestalteten sich recht zäh und es stand zu befürchten, dass es nicht zu einem zufriedenstellenden Ergebnis kommen könnte. Vorsichtig tasteten sie sich im Gespräch vor, konnten nach knapp einer Stunde überwiegend gemeinsame Auffassungen feststellen und vereinbarten, bis zum Abend gemeinsam einen Alternativvorschlag auszuformulieren. Sie waren sich durchaus im Klaren, dass ihr Vorgehen großen Unmut auslösen und zu massiven Anfeindungen führen könnte.

Chérif El-Raisuli eröffnete die abendliche Sitzung und bat um eine Entscheidung, ob ein von Saudi-Arabien und Ägypten kurzfristig ausgearbeitetes Konzept vorweggenommen erörtert werden könnte. Er halte einen aus bilateralen Überlegungen erwachsenen Vorschlag für interessant und möglicherweise zielführend. Chérif El-Raisuli wusste, dass die Delegierten ihm als Gastgeber aus Höflichkeit die Zustimmung nicht verweigern würden. Also erteilte er dem Sprecher der Untergruppe das Wort.

»Meine Herren, zu viel intelligentes Blabla hat die Weltpolitik zu dem Thema, das uns hier beschäftigt, beigetragen. Es wird stets um den heißen Brei herumgeredet, statt das Kind beim richtigen Namen zu nennen. Ich will versuchen, Ihnen mit klaren Worten zu erläutern, wo wir ansetzen könnten, den Konflikt zu lösen. Stellen wir uns einmal vor: Die Palästinenser erfahren einen echten wirtschaftlichen Aufschwung. Alle, aber insbesondere die jüngere Generation erhält Arbeit, partizipiert am Aufschwung, erhält konkrete Zukunftsperspektiven, gründet Familien und lebt in Sicherheit in ihrem florierenden Land Palästina. Stellen wir uns auch noch folgendes vor: Wirtschaftliche Beziehungen nicht nur zu Israel, sondern zu allen anderen Anrainerstaaten lassen die gesamte Region aufblühen. Ist das nicht der Traum aller Palästinenser? Ist es nicht letztlich das, was sich ein jeder junger Palästinenser wünscht, was ihm auch sein Glauben nahelegt: zu heiraten, Kinder zu bekommen, seiner Familie eine gute Bildung angedeihen zu lassen und ihr eine friedliche Zukunft in bescheidenem Wohlstand sichern zu können? Wenn nun zum einen ein internationaler oder supranationaler politischer Druck auf alle unmittelbar involvierten Regierungen und Gruppierungen ausgeübt wird, und damit meine ich auch Gruppierungen wie die Palästinensische Autonomiebehörde, die Hamas, die Kassam-Brigaden, das Volkswiderstandskomitee, die PLO, die Fatah und die Al-Aksa-Brigaden, und zum anderen die übrigen am Konflikt beteiligten arabischen und afrikanischen Staaten die Notwendigkeit einsehen, nicht nur einer Waffenruhe sondern einem Stillstand der bewaffneten Auseinandersetzungen zuzustimmen, dann führt eine Wirtschaftshilfe von etlichen Milliarden Dollar zum Wiederaufbau des zerstörten Palästina und demzufolge zu einer für alle Palästinenser, und damit meine ich Männer wie Frauen, langfristigen und glaubwürdigen Zukunftsperspektive. Nur so, meine Herren, könnte ein erster Schritt zu einer dauerhaften Konfliktlösung aussehen. Es ist, meine Herren, nicht unmöglich, dieses Unterfangen politisch umzusetzen. Es ist auch nicht unmöglich, den Frieden in der Region und den Aufbau Palästinas finanziell zu meistern. Ich gehe auch davon aus, dass es nicht unmöglich ist, die Palästinenser und übrigen arabischen Staaten von diesem für Palästina zukunftsorientierten Neuanfang zu überzeugen. Nur eines erscheint nicht möglich!«

Der Sprecher der Untergruppe setzte sich. Er war überzeugt, dass das abrupte Ende seines Vortrages das Interesse, die Neugier und auch die Wachsamkeit seiner Zuhörer bis aufs Äußerste sensibilisierte. Er hatte absichtlich keinen Hinweis auf das gegeben, was »nicht möglich erscheint«. Diese Vortragstaktik hatte er in all seinen Besprechungen und Konferenzen überwiegend erfolgreich eingesetzt. Er spürte die wachsende Ungeduld seiner Zuhörer, ihr Verlangen nach einer raschen Fortsetzung seines abgebrochenen Vortrages. Er sah Chérif El-Raisuli an. Dessen kaum wahrnehmbares Nicken nahm er als Zustimmung erleichtert auf und schwelgte in der angenehmen Gewissheit, in Harmonie mit den Gedanken und der Auffassung des Gastgebers zu sein. Selbstsicher fuhr er fort:

»Meine Herren, nur eine Kraft, eine Macht würde sich dieser Lösung des Konflikts entgegenstellen, und zwar mit allen ihr zur Verfügung stehenden Mitteln. Diese Kraft, meine Herren, sind die zum Teil extrem radikalen religiösen Führer / Machthaber in Palästina, die von Gleichgesinnten in einigen wenigen anderen Staaten unterstützt werden. Diese religiösen Führer / Machthaber, die auch das politische Zepter in einigen Ländern in die Hand genommen haben, indoktrinieren unsere Jugend und damit unsere Zukunft in einer absoluten, ja extremistischen Weise, schüren Fanatismus und Verblendung, die zu Irrationalität und Verderben führt. Stellen wir uns vor, diese religiösen Kräfte würden politisch entmachtet und auf ihre religiöse Rolle beschränkt. Stellen wir uns vor, diese religiösen Mächte erkennen, dass sie ihren rein religiösen Einfluss in einer allgemeinen, friedlichen und dem Gemeinwohl dienenden Gesellschaft organisiert und strukturiert ausbauen können. Stellen wir uns vor, dass ein Nebeneinander der Religionen akzeptiert und gelebt

wird, somit eine Abkehr von der Diffamierung derjenigen, die einem anderen Glauben folgen, ganz im Sinne der Sure 29, in der der Prophet Mohammed die Botschaft verkündet, „unser Gott und euer Gott ist Einer".«
Die Stille im Konferenzraum war unheimlich. Niemand rührte sich, nicht das leiseste Räuspern war zu hören. Es war still, nur still. Die schmerzliche Wahrheit, die bislang von der Weltgemeinschaft warum auch immer ausgeblendet worden war, klang nun, da sie ausgesprochen war, im Raum nach.

»Entziehen wir der religiösen Macht ihr Instrument zur politischen Umsetzung ihrer fanatischen und radikalen Ziele, geben wir Palästina und Israel eine fundierte politische und wirtschaftliche Perspektive, für die Gegenwart und die Zukunft, dann, meine Herren, haben wir den wichtigsten ersten Schritt geschafft. Entziehen wir den religiösen Fanatikern ihr Instrument: die junge palästinensische Generation, die aus Enttäuschung anfällig ist für Verblendung. Ich danke Ihnen für Ihre Aufmerksamkeit.«

Chérif El-Raisuli wusste, dass es ein Fehler wäre, eine anschließende Diskussion zuzulassen. Seine Gäste würden sich auch bereitwillig verleiten lassen, über das eben Gehörte zunächst in Ruhe nachzudenken. Sein Vorschlag, die Konferenz erst am nächsten Tag fortzusetzen, wurde unisono begrüßt.

3. Konferenztag

Das Memorandum formulierten die Teilnehmer gemeinsam. Es war ein schwieriges Unterfangen, die Wünsche nach Nuancierungen waren unendlich. Doch Chérif El-Raisuli hatte vorgesorgt. Die zwei Protokollführer, die er benannt hatte, waren sprachlich so gewandt, dass sie den gewünschten verbalen Spitzfindigkeiten durch ihre eigenen Formulierungsvorschläge gerecht werden konnten. Die Denkschrift endete mit der Vereinbarung, in einer weiteren geheimen Konferenz die Wege und Mittel zur politischen Machtenthebung der radikalreligiösen Kräfte zu erörtern.

6. Kapitel

SHARIF

Karima konnte die An- und Abflüge der Hubschrauber aus nächster Nähe beobachten. Sie hielt sich draußen an der Burg auf und war darin vertieft, einen dunklen Mauerstein mit einem Pinsel wie eine Archäologin zu säubern. Die Konferenzteilnehmer nahmen keine Notiz von ihr. Chérif El-Raisuli verabschiedete jeden einzelnen Gast am Hubschrauber persönlich. Als der letzte Hubschrauber nur noch als kleiner schwarzer Punkt am Himmel zu sehen war, eilte er zu Karima. Seine Wächter sahen verstohlen weg.

Er redete kurz auf sie ein. Die Zeit schien ihnen unendlich lang, bis sie auf Karimas

Bett lagen. Erst jetzt bemerkte sie, dass kein einziges Haar seinen Körper bedeckte. Er streichelte sie und küsste gleichzeitig ihren ganzen Körper so zärtlich, dass Karima glaubte, den Verstand zu verlieren. Sie schrie mehrmals laut auf und bettelte, sie endlich richtig zu nehmen.

Am nächsten Tag liebten sie sich morgens, mittags und abends. Sie ließen sich alle denkbaren Köstlichkeiten in Karimas Bereich bringen, speisten und tranken, erzählten sich dabei ihre Lebensgeschichten, sprachen über die Dinge des Lebens und immer wieder über ihre Liebe. Sein Vater sei einer der reichsten Marokkaner gewesen, habe sich aber nie der Politik gewidmet. Seine Mutter sei eine herzensgute Ehefrau und eine sich aufopfernde Mutter gewesen. Auch sie sei von der bis heute unheilbaren Krankheit eingeholt worden. Sein kleiner Sohn Sharif sei nach dem Tod seiner Frau sein Lebenselixier gewesen, und er sei es noch heute. Er sei stolz auf seinen Sohn, ein Ebenbild seiner selbst.

Sie bat Chérif El-Raisuli, mehr über seinen Sohn zu erzählen. Er küsste sie und flüsterte ihr ins Ohr, dass Sharif es ihr selbst erzählen könne, denn er sei auf dem Weg hierher und würde mindestens zwei Wochen bleiben. Karima erzählte von ihrer Jugend in Marrakesch, den vielen Auslandsreisen mit ihren Eltern und von ihrer Studienzeit in Köln. Auf seine Frage, ob sie denn nicht in Deutschland einen Mann kennengelernt habe, antwortete sie zu seiner Zufriedenheit. Es klopfte an der Tür. Der Generalsekretär sprach sehr leise auf Chérif El-Raisuli ein und schien sehr nervös. Chérif El-Raisuli hörte aufmerksam zu und gab einige Anweisungen. Er drehte sich zu Karima und sah sie nachdenklich an.

»Was ist los?«, fragte sie beunruhigt.

»Es werden gleich zwei Hubschrauber hier landen. Ich habe viele Freunde in der amerikanischen Botschaft und einige dieser Freunde kommen mich besuchen.«

»Aber dann gleich mit zwei Hubschraubern?«

»Ja! Es sind mehrere Personen und sie bringen auch viel Material mit. Karima, ich müsste dir etwas sagen. Aber wenn ich mich dir anvertraue, dann binde ich dich auf Gedeih und Verderb an mich. Wenn du dich damit einverstanden erklären kannst, dann sage es mir. Sage mir aber auch, wenn du sofort nach Marrakesch zurück möchtest.«

»Ich möchte bei dir bleiben. Ich möchte mit dir zusammen sein. Du weißt, ich brauche dich und deine Liebe.«

»Karima, überlege es dir gut. Die Situation ist ernst, sehr ernst. Wenn ich dich jetzt informiere, dann gibt es keinen Weg zurück. Wenn du Bescheid weißt, dann wirst du nicht mehr von meiner Seite weichen können. Dann bist du mein Schatten, und Schatten sind bekanntlich vom Schattenspender unzertrennlich.«

»Khaled, sage mir, was los ist. Ich bin Dein und ich möchte Dein sein und Dein bleiben.«

Beiden war entgangen, dass die Anspannung und Aufregung sie übermannt hatten und sie sich duzten.

Chérif El-Raisuli erklärte ihr, dass seine Freunde aus der Botschaft Fanatiker ausfindig gemacht hatten, die innerhalb kürzester Zeit von Inhalten aus der Konferenz trotz aller ergriffenen Maßnahmen erfahren hatten und versuchen wollten, ihn und seine Familie umzubringen, aus Rache für das, was er mit der Konferenz ins Rollen gebracht habe.

Sie begaben sich in das Kellergewölbe. Draußen waren die schweren Motoren der Hubschrauber schon zu hören. Karima geriet ins Staunen, denn vor ihr lag ein völlig ausgebauter Keller; von dem breiten Mittelgang gingen unzählige Türen ab, die alle offen standen. Es waren voll eingerichtete Arbeits- und Schlafzimmer, die alle gleich möbliert waren. Nur je ein kleines Fenster ließ Tageslicht und frische Luft herein. Nach jeweils drei Türen kam ein großer Wasch- und Duschraum. Am Ende des langen Ganges versperrte eine dicke Stahltür den weiteren Blick. Rechts neben der Tür befand sich ein elektronisches Türschloss. Die wuchtige Tür öffnete sich nach innen, nachdem Chérif El-Raisuli den Geheimcode eingegeben hatte. Dabei hatte er Karima gebeten, sich den Code zu merken.

Der Raum war vergleichbar mit der Kommandozentrale der NASA in Houston, an den Wänden unzählige Monitore und Schalttafeln. Dazu offene Stahlschränke, in denen sauber geordnet Maschinenpistolen aufgehängt waren.

»Khaled, was bedeutet das hier alles? Was ist das hier? Wer bist du?«

»Karima, ich kann dir das jetzt nicht erklären. Dafür ist jetzt keine Zeit. Aber die Zeit der Erklärungen wird kommen! Beobachte, was hier im Keller passiert, und vieles wirst du dann von selbst verstehen. Nur so viel zu deiner Beruhigung. Dieses hier unten im Keller ist mit dem Geld des Königshauses gebaut und eingerichtet worden. Insofern ist alles legal, nichts wird vor dem Königshaus geheim gehalten.«

Karima hörte das Trampeln der Stiefel der im Laufschritt heraneilenden Männer. Sie waren alle in Uniform, aber ohne jegliche Abzeichen. Nur einer von ihnen trug einen anthrazitfarbenen Anzug. Die Neuankömmlinge zeigten sich befremdet über Karimas Anwesenheit. Chérif El-Raisuli erklärte, dass Karima wie er selbst behandelt werden möge und ging auf den in Zivil gekleideten Mann zu. Er umarmte ihn freudig; sie tauschten Wangenküsse und blickten sich lächelnd an.

»Karima, komm! Ich möchte dir meinen Sohn Sharif vorstellen.«

Sharif streckte Karima seine Hand entgegen und sie zögerte nicht, sie zu ergreifen. Sowohl der herzliche Händedruck als auch die Blicke, die sie wechselten, zeigten, dass sie sich gefielen. Karimas Liebe zu Khaled war so groß, dass sie Sharif in ihre Gefühle mit einbezog. Er war ihr sympathisch, und offensichtlich sie ihm auch.

»Sharif, können Sie mir sagen, was hier los ist?«

»Das Memorandum, das die Konferenz erarbeitet hat, ist in die falschen Hände geraten. Religiöse Fanatiker haben beschlossen, diejenigen zu bestrafen, die ihre Macht in Frage stellen. Sie haben sich darauf geeinigt, in den zweiundsiebzig Stunden nach Beendigung der Konferenz all die zu töten, die für die Konferenz verantwortlich zeichnen, und das ist allein mein Vater. Und ich als sein Sohn wurde gleich als abschreckendes Beispiel mitverurteilt. Der amerikanische Geheimdienst hat glücklicherweise durch einen Doppelagenten von dem Plan erfahren und Hinweise auf die Personen erhalten, die den Anschlag durchführen sollen. Zwei der gedungenen Mörder sind in Ouarzazate gesehen worden und wohl auf

Geheiß von Al-Qaida unterwegs. Daher haben die Amerikaner uns Hilfe angeboten. Ich selbst war schon auf dem Wege hierher, wie immer alle drei Wochen, ohne auch nur etwas von dem zu ahnen, was sich da draußen anbahnt. Alle unsere Fahrzeuge, auch die meines Personals, sind mit einem GPS-Ortungssender und einen Peilsender der Amerikaner versehen worden, als zusätzliche Sicherheitsmaßnahme. Mein Vater ist zwar in Marokko und insbesondere hier in einem Umkreis von dreihundert Kilometern sehr beliebt und geachtet, aber die große Politik draußen macht ja bekanntlich vor keinem Halt! Die Besatzungen der zwei Hubschrauber hatten mich im Gebirge zwischen Marrakesch und Ouarzazate ausfindig gemacht. Während eine Maschine in der Luft kreiste, landete die zweite Maschine auf einem Parkplatz für Touristen und nahm mich auf. Deshalb bin ich mit unseren Freunden gekommen.«

Die Situation war tatsächlich sehr ernst. Über die Schultern der Uniformierten hinweg verfolgte Karima das Geschehen auf dem Hubschrauber-Landeplatz. Unmengen von technischem Gerät wurde ausgeladen.

Später sollte sie erfahren, dass es sich hauptsächlich um Sende- und Empfangsgeräte handelte, die an die Landbevölkerung im Umkreis von zirka zwanzig Kilometern um die Burg herum ausgegeben wurden. Jeder Landbewohner wurde aufgefordert, jedes Vorkommnis, jeden Fremden, jede Anomalie im täglichen Ablauf zu melden. Sie standen alle in Lohn bei Chérif El-Raisuli und ehrten ihren Herren, Garant auch einer zusätzlichen medizinischen Versorgung.

Die Nacht kündigte sich an, Karima saß mit Chérif El-Raisuli und Sharif beim Abendessen. Sie trug eine Khakihose und ein schlichtes weißes Hemd, der Situation nur angepasst. Sie vergaß die Gefahr, die irgendwo da draußen lauerte. Sie schaute in die Gesichter zweier Männer, die ihr gefielen. Sie bat Sharif, von sich zu erzählen.

»Mein hier anwesender Vater, Gott möge ihn beschützen, war für mich der Inbegriff der Liebe, Barmherzigkeit und Gerechtigkeit. Ich bin zwar ohne Mutter aufgewachsen, mein Vater hat aber immer versucht, mir auch die Liebe einer Mutter zu geben. Er war immer für mich da, hat mir immer zugehört und mich immer begleitet, wohin auch immer ich wollte. Er hat meine Gedanken gelesen und mir die richtigen Wege gezeigt. Gott beschütze ihn!«

Chérif El-Raisuli senkte den Blick. Er wusste nicht, ob er sich nicht ein wenig schämen musste, denn dass ihm so viel Lob in Gegenwart von Karima ausgesprochen wurde, kratzte an seiner Männlichkeit.

»Ich ging in Marrakesch zur Schule bis zum Abitur«, setzte Sharif seine Erzählung fort. »Mein Vater und ich hatten beschlossen, dass es für unsere Familie und unsere Zukunft hier in Gourrama von Vorteil wäre, wenn ich etwas lernen würde, was ich an die Bevölkerung hier weitergeben könnte. Und so entschieden wir uns für ein Medizinstudium. Ich habe in Frankreich studiert, meinen Facharzt für Innere Medizin und Chirurgie gemacht und promoviert. Danach bin ich dann für ein Jahr in die Staaten gegangen. Dort habe ich in der chirurgischen Abteilung eines Krankenhauses gearbeitet. Meine Ärztekolleginnen und -kollegen und ich haben fünf Tage die Woche jeweils über zehn Stunden im OP gestanden. Der Andrang war so groß und die Operationen so zwingend, dass uns nichts anderes übrig blieb. Nach jeder OP hatten wir nur eine halbe Stunde Pause. Ich habe viel gelernt in dieser Zeit, ja ich habe sehr viel gelernt. Nicht nur einmal am Tag musste ich versuchen, einen meiner mir anvertrauten Patienten dem Tod zu entreißen. Ich habe leider viele Kämpfe verloren. Wer in einer chirurgischen Abteilung eines amerikanischen Hospitals eine Zeit lang gearbeitet und diese Zeit heil überstanden hat, der kann von sich behaupten, etwas zu können. Und so kehrte ich nach Marokko zurück, um nun hier mein Wissen anzuwenden, und eröffnete eine internistische Praxis in Marrakesch. Regelmäßig komme ich aber auch nach Gourrama, wohl alle drei Wochen, und fahre tagelang in die Berge, um die Menschen medizinisch zu versorgen. Sie zahlen dafür keinen Cent. Sie sollen wissen, dass mein Vater einer von ihnen ist und sein Sohn nicht minder. Unser Handeln kommt von Herzen. Wir wissen aber auch, dass uns die Menschen hier zu Dank verpflichtet sind. Und auf diese Dankbarkeit sind wir, mein Vater und ich, angewiesen.«

»Wieso sind Sie und Ihr Vater darauf angewiesen?«, fragte Karima begierig.

»Nur wenn wir die Bevölkerung auf unserer Seite wissen, können wir uns da draußen frei bewegen. Mein Vater und ich, wir sind reich, und wir leben auch unseren Reichtum, wie man sieht. Die Bevölkerung da draußen hat Arbeit und ein Auskommen, aber sie ist nicht reich. Und Begehrlichkeit ist ein Drang, der nicht zu kontrollieren ist. Deshalb bemühen wir uns, eine gesunde und überschaubare Abhängigkeit aufrechtzuhalten.«

Karima versuchte Sharifs Worten aufmerksam zu folgen. Doch sie merkte, dass seine äußere Erscheinung, ja seine Schönheit sie von seinen Worten abzulenken drohte. Es waren nicht nur sein hübsches Gesicht und seine gepflegten Hände und auch nicht nur dieser muskulöse Körper, was sie beeindruckte. Sharif strahlte etwas aus, das sie nicht zu benennen vermochte.

Sie zog sich zurück und die beiden Männer schmiedeten noch lange einen Plan für den nächsten Tag. Sie wollten, von vielen Wächtern begleitet, Präsenz zeigen und einen Ausflug unternehmen. Nichts wäre schädlicher, als die Bevölkerung auch nur einen Hauch von Angst vermuten zu lassen. Da die Uniformierten im Keller keine Neuigkeiten zu berichten hatten, sollte das Vorhaben gewagt werden.

Spätabends holte Chérif El-Raisuli Karima ab. Er wollte, dass sie ihm in seinen Bereich folgte und nachts bei ihm blieb. Sie trug wieder nur den durchsichtigen weißen Kaftan und beide wussten, dass es eine sehr heiße Nacht werden würde. Beide wollten es.

Der Lagebericht am frühen Morgen war beruhigend. Mit drei Geländewagen fuhren sie hinaus, zwei weitere Fahrzeuge blieben in der Burg abfahrbereit zurück, als Unterstützung für den Notfall.

Chérif El-Raisuli und Sharif fuhren von Ansiedlung zu Ansiedlung. Sie erklärten den Menschen die Aufregung, ohne jedoch auf die Hintergründe einzugehen. Die Dorfältesten sagte ihnen uneingeschränkte Unterstützung zu. Sharif kümmerte sich um die Kranken und vermerkte den Umfang der benötigten medizinischen Hilfe, die er ihnen in den nächsten Tagen zukommen lassen wollte. Die Medikamente bestellte er gleich per Handy bei einem befreundeten Apotheker. Sie wurden stets einen Tag später angeliefert. In den nächsten zwei Tagen blieb alles ruhig, keine Meldung ging ein, die einen der Uniformierten hätte aufhorchen lassen. Die Tage vergingen für Karima im Nu, auch wenn sie die Burg nicht verlassen durfte. Sie erlebte mit Chérif El-Raisuli eine grenzen- und tabulose Liebe und sehnte sich immer öfter nach seinem Körper.

Sie schätzte Sharif sehr, aber irgendetwas störte sie während seiner Anwesenheit. Immer wenn Chérif El-Raisuli für Stunden im Keller oder mit einigen der Uniformierten im Gespräch war, musste sie sich mit Sharif in einem der Salons treffen. Chérif El-Raisuli wollte es so und hatte sich damit durchgesetzt: Karima sollte tagsüber in der Burg nicht alleine sein. Nur in ihren eigenen Bereich durfte sie sich zurückziehen und dort auf ihn warten. Sharif hatte für sich und Karima einen Pfefferminztee zubereiten lassen. Er goss ihr ein Glas ein und reichte ihr eine Schale mit feinem Gebäck. Sie tranken den Tee.

»Karima, Sie sind eine schöne Frau, eine sehr schöne Frau. Mein Vater liebt Sie, wie er mir sagte, und Sie scheinen ihn ebenfalls zu lieben. Mein Vater sagte mir auch, dass er mit Ihnen sein Glück gefunden habe, er mit Ihnen hier leben und Sie nicht verlieren wolle. Sie sind aber eine Christin, mein Vater ein Muslim. Sehen Sie da ein Problem?«

»Sharif, Liebe kennt keine Religion. Ihr Vater und ich werden eine Lösung finden. Wir müssen auch nicht religiös heiraten. Bestimmt wird sich eine Lösung finden.«

»Trinken Sie noch etwas Tee, Karima. Das tut Ihnen sicherlich gut, nach den ganzen Aufregungen. Wissen Sie, wenn mein Vater nicht wäre und ich an seiner statt, dann würde ich Sie auch nicht mehr loslassen. Sie gefallen mir sehr.«

Karima trank noch zwei Gläser Tee und wunderte sich immer mehr, wie sehr sie das Zusammensein mit Sharif genoss. Nichts bedrückte sie, sie fühlte sich leicht, entspannt und merkwürdig heiter, trotz der angespannten Situation. Eine leichte Euphorie schien sie befallen zu haben. Sie lachte viel.

»Sie sind sicherlich doch müde, Karima. Ich begleite Sie zu Ihrem Bereich.«

Auf dem Wege dorthin geriet Karima ein wenig ins Schwanken, sodass Sharif sich bei ihr einhakte und sie leicht stützte. Karima öffnete die Tür zu ihrem Bereich und Sharif folgte ihr. Er schloss die Tür hinter sich zu, wissend, dass die von ihm verabreichte Droge Karima mehr und mehr in Trance setzen wird. Sharif vergaß sich in seiner unkontrollierten Wollust.

Er zog sich an und begab sich in den Keller. Er sah, wie sein Vater mit den Uniformierten im Gespräch war. Er grüßte alle und zog seinen Vater zur Seite. »Vater, Karima ist sehr müde und hat sich schlafen gelegt. Sie lässt dir ausrichten, dass sie in Gedanken bei dir ist und dich morgen früh wiedersehen möchte.« Sharif wusste, dass Karima einen Filmriss haben und sich an die Vergewaltigung nicht mehr erinnern würde. Sie würde nur feststellen, dass sie Geschlechtsverkehr gehabt haben musste. Er nahm sich vor, sich nach seiner Rückkehr in die Großstadt endlich in ärztliche Behandlung zu begeben, denn sein ungehemmter Trieb brachte ihn immer wieder aus der Bahn. Es war noch sehr früh, als Sharif sich einen alten, unauffälligen Kleintransporter aus der Garage holte. Er wollte beim gemeinsamen Frühstück nicht dabei sein und somit nicht Gefahr laufen, Karimas Erinnerungsvermögen bei seinem Anblick vielleicht doch noch auf die Sprünge zu helfen. Er hatte bereits mehrere unaufschiebbare Krankenbesuche notiert und steuerte die erste Dorfschaft an.

Um acht Uhr fünfunddreißig ging in der Zentrale im Keller der Funkspruch eines Dorfaufsehers ein: »Dr. Sharif El-Raisuli parkt mit einem Lieferwagen auf dem Hügel Nummer 34. Er sitzt angelehnt am rechten Vorderreifen, wohl um Schatten zu suchen. Eigene Entfernung zum Zielobjekt fünfhundert Meter.«
Jeder Berg und jeder Hügel hatte vor Jahren eine Nummer erhalten. Chérif El-Raisuli hatte diese topografische Zuteilung im Einvernehmen mit den Dorfältesten vornehmen lassen, um - aus welchem Grund auch immer - schnell und effektiv vor Ort sein zu können.

Karima und Chérif El-Raisuli saßen noch am Frühstückstisch. Sie klagte über Unwohlsein und trank nur Wasser. Sie war froh, dass Chérif El-Raisuli ihre Gedanken nicht lesen konnte, denn es war ihr peinlich, sich an diese Liebesnacht, die an ihrem Körper Spuren hinterlassen hatte, nicht erinnern zu können. Dass Chérif El-Raisuli nicht an ihrer Seite lag, als sie aufgewacht war, ordnete sie der gegenwärtigen angespannten Situation zu
.

Um zehn Uhr fünfzehn ging in der Zentrale erneut ein Funkspruch ein: »Dr. Sharif El-Raisuli parkt immer noch auf dem Hügel Nummer 35. Er sitzt immer noch im Schatten des rechten Vorderreifens.«
Der Leiter der wachhabenden Uniformierten zuckte zusammen, weil er diese Nachricht schon einmal gehört hatte. Zur gleichen Zeit schrillte, wenn auch leise, eine Alarmsirene. Die Sprachnachricht war gespeichert worden und die Auswertung hatte eine Anomalie aufgezeigt. Die unterschiedlichen Hügel-Nummern und die Worte »immer noch« passten nicht zusammen. Er lief durch den Gang und schrie Alarm. Alle

Uniformierten stürmten aus ihren Unterkünften und setzten sich an die Computer. Jeder hatte sich zwischenzeitlich mit Faustfeuerwaffen versorgt.

»Chérif El-Raisuli, Ihr Sohn ruht sich seit gut hundert Minuten im Schatten seines Wagens aus. Sollen wir Kontakt mit ihm aufnehmen und fragen, ob alles in Ordnung ist? Ich weise auf die Gefahr hin, dass Dritte mithören könnten. Oder sollen wir den Melder beauftragen, den Kontakt herzustellen. Dann aber würde der seine Position und seinen Unterschlupf preisgeben.«

»Machen Sie den gepanzerten Geländewagen startklar. Ich fahre selbst. Sie geben mir fünf Ihrer besten Männer mit.«
Chérif El-Raisuli setzte sich ans Steuer und fuhr los. Fünf Uniformierte, mit Maschinenpistolen bewaffnet, begleiteten ihn. Der Melder hatte zwischenzeitlich die Hügel-Angabe korrigiert und die Nummer 34 bestätigt. Noch konnte Chérif El-Raisuli seinen Sohn nicht erblicken, als er nur wenige Meter seitwärts von Sharifs Wagen hielt. Die Uniformierten sprangen aus dem Wagen und umringten beide Fahrzeuge, die Waffen im Anschlag. Der Anführer ging zu

Sharif. Sekunden später rief er Chérif El-Raisuli zu, dass er kommen könne. Chérif El-Raisuli sah zuerst das Heilige Buch, das aufgeschlagen auf Sharifs Kopf lag. Dann sah er seine durchtrennte Kehle.

Die Suche nach Sharifs Mördern hatte Chérif El-Raisuli seinem Generalsekretär übertragen. Alle nur denkbaren Maßnahmen waren ergriffen worden, ob Straßensperren, Patrouillen oder Spürhunde. Nach zwei Tagen meldete der Generalsekretär den ersten Erfolg. Ein berittener Suchtrupp hatte bei Nacht drei Verdächtige gesichtet. Die drei Männer hatten sich nur durch ein kleines, aber loderndes Feuer in einer Berghöhle verraten. Sie wussten offenbar nicht, dass nachts in den dunklen Bergen auch ein kleines Feuer ins Auge sticht. Die diensthabenden Uniformierten im Keller der Burg wurden alarmiert und postierten sich wie lautlose Schatten rund um den Höhleneingang. Sie dienten aber nur der Abschirmung des Operationsgebietes. Es waren die zwei persönlichen Wächter von Chérif El-Raisuli, die in die Höhle gingen. Der Überraschungseffekt war so groß, dass sie keine

Mühe hatten, die drei Männer zu überwältigen, noch bevor diese zu ihren Waffen greifen konnten. In der Burg wurden die drei voneinander isoliert gefangen gesetzt. Die zwei Wächter baten Chérif El-Raisuli, die Verdächtigen verhören zu dürfen. Sie wüssten, wie sie sie zermürben könnten, ohne sie auch nur anzufassen. Damit sei gewährleistet, dass sie alles sagen würden, was sie wussten. Es sei dann allein die Entscheidung von Chérif El-Raisuli, wie weiter verfahren werden sollte.

Die zwei Wächter begaben sich in die Zentrale im Keller und baten dort einen Techniker, per Computer Tonaufzeichnungen von Schmerzensschreien, so laut und schrecklich wie nur möglich, anzufertigen. Dann baten sie die Uniformierten, die drei Männer zwanzig Stunden vom Schlafen abzuhalten.

Als es so weit war, wurden die Schmerzensschreie abgespielt. Zwischendurch gab einer der Wächter einen Schuss ab, sodass es schien, als hätte es während des Verhörs eine Erschießung gegeben. Es war die Angst vor unsäglichen Schmerzen und die Angst, selbst erschossen zu werden, die die Zungen der drei Männer lösten.

Chérif El-Raisuli erfuhr, dass sich sein Sohn sehr kämpferisch gezeigt und erheblichen Widerstand geleistet hatte. Er erfuhr jedes Detail über die Ermordung Sharifs und über die Auftraggeber im arabischen Ausland. Er erfuhr aber auch, dass die Mörder Sharif noch die Möglichkeit eingeräumt hatten, ein Gebet zu sprechen. In diesem Gebet sollte sein Sohn Teile der Sure 23 zitiert und sich bezichtigt haben, seine Sinnlichkeit und seine Gelüste nicht im Zaum gehalten zu haben.

7. Kapitel

GEFÜHLE

Karima ließ Chérif El-Raisuli genug Zeit, um über den Tod seines Sohnes hinwegzukommen. Nach der Ermordung eines Familienmitgliedes des Mahdi glaubte man, die Anschlagsgefahr gebannt zu haben. Karima ging ihren ursprünglichen Arbeitsabsichten nach und war nur dann an seiner Seite, wenn die Umstände dazu führten. Es war eine lange Zeit des Trauerns. Es war aber auch eine Zeit der Auseinandersetzung Chérif El-Raisulis mit der Frage, ob er nicht einen zu hohen Preis zahlte für sein Bestreben, die Tragödie in Palästina beenden zu helfen. Diese Tragödie, die seit einem halben Jahrhundert andauerte.

Er ertappte sich bei dem Gedanken, resignieren zu wollen. Würden denn seine Unterfangen überhaupt etwas bewirken können, und sei es auch nur ein Umdenken in Ansätzen der obersten arabischen Führer? Diese Frage stellte er sich immer wieder, nie fand er eine Antwort. Aber letztlich war es sein Generalsekretär, der ihm den Anstoß für seine Entscheidung gab.

»Mahdi, Ihr Sohn hat bezahlt, mit seinem Leben. Diesen Preis müssen Sie respektieren. Sie haben Ihren Sohn verloren, aber sein Tod wird der Motor sein, der Motor dafür, dass Sie wieder Ihre ganze Kraft und Ihren ganzen Einfluss dafür verwenden, dass alle unsere Brüder und Schwestern in Palästina ein Leben in Frieden und Wohlstand führen können. Das sind wir Araber, alle Araber letztlich dem palästinensischen Volk schuldig. Die nachhaltigste Vollkommenheit der Handlungen stützt sich auf die überzeugte Meisterschaft, mit der man die Handlung ausführt. Sie, Mahdi, sind der einzige Meister, der den Handlungen zu ihrer Vollkommenheit verhelfen wird. Keiner kann das Projekt so weiterführen wie Sie!«

Am frühen Nachmittag fuhr Chérif El-Raisuli mit seinem Motorrad zu einer Ansammlung von fünf kleinen Lehmhäusern nicht weit von der Burg. Auf dem Weg dorthin sah er in der Ferne Karima. Er steuerte das kleinste der kreisförmig ausgerichteten Häuser an. Er ging hinein und konnte zuerst nichts erkennen, so dunkel war es im Haus. Die vertraute Stimme erklang schrill.

»Sie kommen spät, Mahdi. Ich habe Sie schon viel früher erwartet. Setzen Sie sich, ich reiche Ihnen ein Glas Wasser. Und denken Sie daran: Wenn Sie mit mir sprechen, dann müssen Ihre Gedanken so klar sein wie das Wasser, das ich Ihnen reiche.«

Chérif El-Raisuli kannte Fatima, seit er in Gourrama lebte. Schon als er sie das erste Mal gesehen hatte, war sie alt, sehr alt. Und so alt sie war, so weise war sie. Schon einige Male hatte Chérif El-Raisuli sie aufgesucht und um Rat oder auch nur um Beistand gebeten. Und immer hatte sich ihr Rat oder ihre Meinung letztendlich als richtig erwiesen. Chérif El-Raisuli war von ihr beeindruckt, denn in einigen Fällen hatte sie die Komplexität seiner Probleme weder erahnen noch verstehen können. Er sagte kein Wort, denn Fatima wusste von Karima und von Sharif.

»Mahdi, böse Worte durchbohren die Seele. Meine Worte sind aber nicht böse. Ich habe den Mund nicht voller Zucker, um die Worte zu versüßen. Zu viel Unreifes ist in Ihrer Seele. Lassen Sie die guten Früchte erst süß werden und verdrängen Sie für immer die bitteren und bittersten Früchte. Ihre Seele muss wieder leben und Leben Ihre Seele erfreuen. Sharif hatte zwei Seelen. Ich bete, dass zumindest eine im Paradies ist. Hier auf Erden muss Leben Ihre Seele erfreuen. Schenken Sie Leben. Sie haben alles, um Leben zu schenken. Und wenn Sie es nicht tun, dann wird Ihre Seele ins böse Reich der Finsternis gleiten.«

Chérif El-Raisuli küsste ihre Hand und verließ unter tiefer Verbeugung rückwärts das Haus. Er fuhr direkt zur Burg zurück. Karima war im flachen Gelände nicht mehr zu sehen, obwohl er sie noch hätte sehen müssen. Er spürte das Unbehagen, das in ihm aufstieg. Als er im Rückspiegel in der Ferne einen dunklen Geländewagen sah, der ihn offenbar verfolgte, schlug sein Unbehagen

in Panik um. Er wusste, dass es ein Trug-
schluss war zu glauben, die Gefahr sei gebannt. Er raste Richtung Burg, um für sich
und Karima Hilfe zu holen. Auch der ihn
verfolgende Geländewagen fuhr schneller
und gab seine Hetze nicht auf. Die Wächter,
die vor dem Eingangstor standen, beobach-
teten das Schauspiel der heranrasenden Wagen, rührten sich aber nicht. Chérif El-
Raisuli bremste, was die Bremsen hergaben.
Der verfolgende Geländewagen holte auf
und hielt mit kreischenden Bremsen kurz
vor der Einfahrt. Die Türen des Wagens
öffneten sich und Chérif El-Raisulis eigene
Burgwächter stiegen aus und begrüßten ihn.
Angesichts seiner Nervosität hatte er ein
Fahrzeug aus seinem eigenen Fuhrpark
nicht erkannt.

»Haben Sie Fräulein Neumann gesehen,
haben Sie sie gesehen?«, fragte er ungeduldig.

»Mahdi, Fräulein Neumann wird auf
Schritt und Tritt überwacht, zwei berittene
Wächter und eine vierköpfige Besatzung im
Geländewagen kümmern sich um sie. Über
das GPS verfolgen die Uniformierten im
Keller den Wagen und das Mobiltelefon, wir

haben beides auf dem Radarschirm. Alles so, wie Generalsekretär Ali es angeordnet hat.«

»Dann lassen Sie Fräulein Neumann über das Mobiltelefon eine Nachricht zukommen. Ich möchte sie sprechen, und je früher, desto besser.«

Wenig später erreichte Karima die Burg. Die Besatzung des Geländewagens, die die Überwachung Karimas übernommen hatte, erreichte die Burg erst eine Stunde später. Sie wurden von der Zentrale informiert, dass eine weitere Gruppe von drei Unbekannten gesichtet wurde. Die Unbekannten, die sich nicht mehr rechtzeitig verstecken konnten, wurden überwältigt, noch vor Ort oberflächlich verhört und in die Burg gebracht.

Karima eilte ins Büro von Chérif El-Raisuli. Er saß hinter dem Schreibtisch. Bei ihrem Anblick füllten sich seine Augen mit Tränen, die er nicht zurückhalten konnte. Karima sagte kein Wort und stürzte sich in seine offenen Arme.

»Karima, ich bin glücklich, dass du in meinen Armen bist. Ich bin glücklich, dass du bei mir bist und ich wäre noch glücklicher, wenn du bei mir bleiben würdest.«

»Khaled, ich liebe dich. Auch wenn diese Worte einfach klingen, sie drücken das aus, was ist. Ich liebe dich und ich möchte bei dir bleiben. Ich möchte Dein sein und ich möchte, dass du Mein bist. Ich möchte mit dir glücklich sein und mit dir glücklich werden. Ich möchte deine Frau sein. Ich möchte die Mutter deiner Kinder sein und ich möchte dich, dich und nur dich!«

Karima war über sich so erstaunt, dass sie in den ersten Sekunden die Tragweite ihrer Worte nicht wahrnahm. Sie hatte ihm das gesagt, was sie empfand und was sie wollte. Sie wollte von ihm geliebt werden und sie verspürte den aufkeimenden Drang, jetzt, in dieser Minute mit ihm zu verschmelzen. Chérif El-Raisuli konnte zuerst nicht glauben, was er hörte. Erst als er Karima in die Augen schaute, wusste er, dass sie das gesagt hatte, was sie sagen wollte, was ihr Herz sagte. Er küsste sie zärtlich.

»Karima, auch ich will das. Ich kann dir aber jetzt hier nicht sagen, was ich alles will, wie ich alles will und wie ich dich will. Lass uns heute Abend darüber sprechen. Wir müssen uns mit klaren und klugen Köpfen darüber unterhalten, denn nur dann werden wir eine Verbindung für die Ewigkeit eingehen können. Ich lasse ein Festessen bereiten und zu dir bringen. Wir können dann essen und trinken und sprechen und uns lieben. Und dann werden wir wissen, ob du die Mutter unserer Kinder sein wirst.«

Wenige Minuten später betrat Chérif El-Raisuli den Keller. Er bat um vier Teegläser und eine Kanne Minztee. Sein Wunsch war ungewöhnlich und keiner wusste, was er vorhatte. Er ließ einen leeren Raum mit einem viereckigen Tisch und vier Stühlen bestücken und befahl, die drei Männer, die als Erstes gefangen genommen worden waren, in den Raum zu bringen. Nur er, sonst keiner von seinen Leuten hielt sich mit den gedungenen Mördern in dem Raum auf. Er hatte ihnen die Handschellen abnehmen lassen und saß den Männern gegenüber.

»Ich weiß, warum ihr hier seid. Ich weiß von eurem Auftrag. Ich weiß auch, wer die Auftraggeber sind. Ich weiß, wer ihr seid. Wisst ihr aber, was ihr getan hättet, wenn ihr den Auftrag hättet ausführen können? Ich gebe euch jetzt die Möglichkeit, euer

Gewissen reinzuwaschen und eure Seele wieder rein zu wissen. Ihr sollt mich nur eure Gedanken vernehmen lassen, die Gedanken, die ihr euch über mich und meine Familie gemacht habt und über den Grund, uns töten zu wollen.«

Keiner der drei Männer sah auf. Sie würden nicht reden, das wusste Chérif El-Raisuli. Und unter Folter würden sie auch nur das sagen, was man ihnen zu sagen eingeschärft hatte. Er aber wollte mehr wissen.

»Ein Hund liegt auf der Straße und schläft«, versuchte Chérif El-Raisuli weit ausholend das Schweigen zu brechen. »Würde einer von euch auf den Gedanken kommen, den Hund zu töten? Nein, warum denn auch. Es ist zwar nur ein Hund, aber auch er hat eine Seele. Und diese Seele ohne Grund zu töten, wird uns niemals einfallen. Wenn wir töten, dann wissen wir, dass wir töten wollen und dass wir töten werden. Wenn wir den Hund sehen, kommen wir erst gar nicht auf den Gedanken, dass wir töten werden. Wenn wir wissen, dass wir töten werden, dann wissen wir, dass wir töten wollen. Wollt ihr denn, ihr drei Männer, töten, ohne zu wissen, dass ihr töten wollt?«

Chérif El-Raisuli sprach weiter, aber seine Worte kreisten immer nur um die gleiche Aussage »Wenn wir wissen, dass wir töten werden, dann wissen wir, dass wir töten wollen«. Er sprach leise, aber betont, und er redete und redete und redete. Nach gut zwei Stunden waren die drei Männer so verwirrt, dass sie nicht mehr klar denken konnten. Er fragte, ob sie noch Tee haben wollten, und alle drei antworteten mit Ja.

Sie hatten gesprochen, wenn auch nur ein Wort. Aber sie hatten gesprochen und Chérif El-Raisuli hatte sein Ziel erreicht: ihr Schweigen zu brechen. Als sie anfingen, ihre Geschichte zu erzählen, ließ Chérif El-Raisuli Gebäck und eine neue Kanne Tee bringen. Die Männer waren erstaunt, dass ein Mann wie der, den sie hier Mahdi nannten, mit ihnen so sprach, als interessierte ihn wirklich, was sie zu erzählen hatten. Ohne dass sie es merkten, ließ Chérif El-Raisuli die drei Männer über sich selbst und ihre Handlungsweise nachdenken. Nach weiteren drei Stunden teilten die drei Männer seine Meinung, dass viele religiöse Führer in den arabischen Staaten ihre Macht missbrauchten und die Menschen aufwiegelten und irreführten aus Furcht, ihre Macht zu verlieren, insbesondere die Jugend in diesen Ländern.

Die drei Männer wurden frei gelassen und Chérif El-Raisuli gab ihnen eine Arbeit in Marrakesch. Dort wurden sie in die Obhut seiner Familie gestellt und somit nicht aus den Augen gelassen. Erst einige Zeit später würde er Gewissheit erlangen, ob die drei Männer wirklich verstanden hatten.

Kaum hatte Chérif El-Raisuli Karimas Bereich betreten, kam das Essen. Beide delektierten sich an dem Salat aus Feigen, Ananas, Karotten und anregenden Kräutern. Sie formten aus dem Couscous kleine Bällchen und führten sie sich gegenseitig zum Mund. Sie hatten Spaß, sehr viel Spaß und jeder stellte für sich fest, dass der andere lachen konnte, auch über sich selbst. Der Obstsalat war die Krönung des Mahls und der starke Mokka ließ alle ihre Geister wieder aufleben. Sie liebten sich. Chérif El-Raisuli bat sie, die tägliche kleine Tablette wegzulassen.

Karima wachte auf. Sie war alleine im Bett. Hastig machte sie sich frisch und zog sich an. Im Büro von Chérif El-Raisuli saß der Generalsekretär. Karima wusste nicht, warum er ihr so viel Sympathie entgegenbrachte, ob es allein aus Respekt seinem Herrn gegenüber oder sogar Ausdruck seiner Empfindungen ihr gegenüber war. Sie spürte, dass der Generalsekretär ihr Respekt zollte und sie sich auch seiner Loyalität gewiss sein konnte. Chérif El-Raisuli erteilte ihm das Wort.

»Fräulein Neumann, unsere Informanten signalisierten uns, dass sich noch eine dritte Gruppe von Attentätern im umliegenden Gebiet aufhalten müsste. Es seien insgesamt drei Gruppen à drei Männer aus einer Elite-Einheit einer terroristischen Organisation ausgesucht und beauftragt worden. Wir müssen also sehr wachsam sein, bis wir auch sie gefasst haben. Wir werden sie fassen, dies ist nur eine Frage der Zeit. Diese Zeit sollten wir aber nicht erstarrt wie ein Kaninchen vor dem Fuchs verbringen, sondern uns vorbereiten auf alle möglichen Eventualitäten. Chérif El-Raisuli hat mir erzählt, dass er vor einem bedeutenden Gespräch mit Ihnen steht. Es geht hier um die Frage, ob Sie nach jedem neuen Sonnenaufgang an seiner Seite stehen werden. Aus meiner Sicht haben Ihre beiden Gefühlswelten eine große, eine sehr große Chance, für immer zu harmonieren. Ihre unterschiedlichen Religionen spielen keine Rolle. Soweit jeder dem anderen seinen Freiraum belässt, wird es keine Konfrontationen geben können. Die Zeit der Missverständnisse und der leider teils absichtlichen Falschinterpretationen der Suren unseres Heiligen Buches sind fast vorbei. Daher werden der Mahdi und Sie meine volle Unterstützung bekommen. Ich habe den höchsten Islamführern des Landes gestern die Situation erläutert und sie befragt. Sie haben alle nichts gegen eine Heirat. Die Tatsache, dass Sie in Marokko geboren wurden und fließend Arabisch sprechen, hatte dabei eine Bedeutung. Insgesamt lässt sich zusammenfassen, dass von Seiten des Islam keine Bedenken bestehen, dass Sie die Ehe mit dem Mahdi eingehen. Dieses wollte ich Ihnen mitteilen, bevor Sie sich mit dem Mahdi über Ihre Zukunft unterhalten.«

Karima war sehr erleichtert, denn dass die religiöse Obrigkeit des Landes einer Heirat zustimmen würde, hätte sie keineswegs unterstellen dürfen, und nicht nur sie, sondern auch der Mahdi war auf deren Wohlwollen angewiesen.

»Weiterhin habe ich mit dem Mahdi darüber gesprochen, welche vermögensrechtlichen Konsequenzen der Tod seines Sohnes mit sich bringt. Am besten wäre es, hätte der Mahdi noch mindestens zwei legale Nachfolger ersten Ranges aus seinem Blut. Verstehen Sie, Fräulein Neumann, was ich hiermit sagen will? Das ist ein wichtiger Punkt, der zwischen Ihnen geklärt werden muss. Und erlauben Sie mir eine rein persönliche, aber gut gemeinte Bemerkung. Seit den Unruhen hier vor Ort wird die Bevölkerung in der Umgebung nervös. Die Menschen sind verunsichert, wie es weitergehen wird. Sie haben insbesondere Angst davor, dass der Mahdi wegen des schrecklichen Todes seines Sohnes die Gegend verlassen könnte. Dann wäre ihr Schicksal besiegelt, denn komme wer mag, Chérif El-Raisulis Wirtschafts- und Sozialpolitik fände ein Ende. Ich darf mich jetzt zurückziehen.«

Chérif El-Raisuli und Karima wussten zunächst nicht, was sie tun sollten: Sollten sie sich umarmen, sich küssen oder einfach nur sitzen bleiben und sich über all die ungeklärten Fragen unterhalten. Karima schenkte sich noch Tee ein und sprach sehr leise, aber betont verbindlich.

»Khaled, dass wir uns lieben, darüber brauchen wir nicht mehr sprechen. Dass wir grundsätzlich zusammengehören wollen, das haben wir uns bereits gesagt. Dass unsere unterschiedlichen Religionen auch in der Öffentlichkeit kein Hindernis darstellen werden, haben wir mit Erleichterung gehört. Dass ich deine Frau werde und als solche auch agieren werde, wird wohl allgemein akzeptiert werden. Nur du, Khaled, du musst von Anfang an wissen, dass ich, Karima, mit erhobenem Kopf und ohne Einschränkung neben dir stehen, sprechen und handeln werde. Ich will dir, nein uns, gerne Kinder schenken, aber ich werde mich nicht damit begnügen, auf die Rolle der Mutter und Hausfrau reduziert in einer abgeschotteten Welt zu leben. Auch als Mutter, und ich werde unseren Kindern eine gute Mutter sein, auch als Mutter unserer Kinder werde ich an deiner Seite als deine Ehefrau stehen, gleichberechtigt und mit eigener Stimme. Auch werden wir uns darüber unterhalten müssen, wo unsere Kinder zur Schule gehen werden. Denn dort wird auch unser Lebensmittelpunkt sein, Khaled. Dein und mein Lebensmittelpunkt! Und dort müssen wir uns, jeder für sich und gemeinsam, so glücklich fühlen, wie wir es jetzt sind. Ich will nicht nur in den nächsten Monaten mit dir glücklich sein, ich will in den nächsten Jahren und Jahrzehnten mit dir glücklich sein. Ich liebe dich.«

»Karima, das waren klare Worte. Ich bin dir dankbar, dass du so offen und ehrlich aus deinem Herzen gesprochen hast. Aber auch deine Vernunft sprach, denn ich teile deine Vorstellungen von unserer Zukunft. Auch ich will dich als starke, selbstbewusste, moderne Frau an meiner Seite wissen. Somit habe ich klar erkennen können, dass deine Vorstellungen von unserer gemeinsamen Zukunft verbindlich sind, nicht nur für dich, sondern auch für mich und daher für uns. Ich möchte dir vorschlagen, dass wir jetzt die Worte, die wir uns gesagt haben, in uns reifen und wachsen lassen.«

Chérif El-Raisuli stand auf, gab ihr einen Kuss auf die Stirn und flüsterte ihr ins Ohr, dass er sie liebe. Dann biss er ihr zärtlich ins

Ohrläppchen. Sie drückte sich an ihn und sehnte sich nach seinem Körper.

Sie warteten vier Tage, aber alles blieb ruhig. Keine Meldung über ungewöhnliche Beobachtungen ging ein. Die Vermutung wurde laut, die dritte Mördergruppe habe ihr Unterfangen aufgegeben.

Bei ihrer ersten Exkursion in der Region um Gourrama hatte Karima an einem steilen Bergmassiv einen ungewöhnlich großen Sideritkristall entdeckt und sich vorgenommen, ihn näher zu untersuchen. Sie ging in den Keller und gab in der Zentrale an, dass sie um sechs Uhr herausfahren wolle. Sie wusste, dass dann ihre persönlichen Beschützer stets in der Nähe sein würden. Chérif El-Raisuli war mit einem kleinen Hubschrauber für zwei Tage nach Rabat geflogen. Er hatte Gespräche in der Hauptstadt zu führen, mit Ministerien und der Polizei.
Die Sonne drohte schon über die höchsten Berge zu verschwinden, als Karima den Kristall vor Augen hatte. Er war tatsächlich außergewöhnlich groß, mit vielen milchigen

Einschlüssen. Sie machte sich an die Arbeit und versuchte ihn aus dem Fels herauszulösen. Sie hörte, wie sich Menschen näherten, und blickte auf. Vor ihr standen drei Männer.

»Was ist los? Muss ich zurück?«, fragte sie erschrocken. Als ihr Blick auf die äußerst schmutzige Kleidung der Männer fiel, wusste sie, dass es nicht ihre Beschützer waren.

»Sie haben die Wahl«, sagte einer der Vermummten. »Entweder schneiden wir Ihnen die Zunge heraus, oder Sie lassen sich den Mund mit diesem Band hier verkleben. Wenn Sie schreien, schneiden wir Ihnen die Zunge heraus.«

Sie nickte stumm. Einer der Männer verschloss ihr den Mund mit einem Stück Klebeband und fesselte ihr die Hände auf den Rücken. Er riss ihr das Hemd auf und betastete ihre Brust. Dann riss er ihr die Hose samt Slip herunter. Erschrocken fuhr er zurück, als er Karimas rasierte Scham sah. Ohne sie weiter unsittlich zu berühren, zog er ihr den Slip hoch, aber die Hose ganz aus. Sodann streifte er ihr einen braunen Djellaba über. Dann hockten sich die drei Männer neben sie, warteten, bis es dunkel wurde, und machten sich dann mit Karima auf den Weg. Nach einem kräftezehrenden zweistündigen Marsch erreichten sie eine tiefe Höhle.

Chérif El-Raisuli landete nachts nach einem ruhigen Rückflug vor der Burg und begab sich sofort in die Zentrale. Dort berichtete er über die Neuigkeiten aus der Regierungshauptstadt. Die Uniformierten machten sich Notizen und besprachen mit ihm Einzelheiten. Auf seine Frage nach Karima erhielt er den Hinweis, dass sie eine Ausfahrt für sechs Uhr angemeldet habe.

Vor Karimas Tür saß ihr Diener. Er bejahte Chérif El-Raisulis Frage, ob alles in Ordnung sei. Seine Herrin sei kurz vor sechs aus der Burg gefahren und er warte, bis sie wieder zurück sei. Chérif El-Raisuli öffnete verärgert die Tür und erkannte sehr schnell, dass Karimas Arbeitsutensilien nicht mehr da waren. Vor Angst begann er zu zittern und rannte zurück in den Keller. Die Uniformierten erkannten sofort, dass etwas nicht stimmte.

»Fräulein Neumann ist um achtzehn Uhr aus der Burg gefahren. Wer ist bei ihr? Wer wurde herausgeschickt?«, fragte er ungeduldig.

»Niemand! Sie hat doch ihre Ausfahrt erst für morgen früh sechs Uhr angemeldet!«, waren die Worte, die er nicht hören wollte. Er drückte auf einen der Alarmknöpfe. In der ganzen Burg schrillten die Alarmsirenen und waren auch weit im Umland zu hören. Jeder Wächter, jeder Diener und alle anderen Bediensteten wussten, was sie nun zu tun hatten. Auch die, die keinen Dienst hatten und sich in den Dörfern um die Burg herum aufhielten, eilten zur Burg. Es war das erste Mal, dass die Sirenen heulten; immer wieder waren alle auf diese Situation vorbereitet worden.

Chérif El-Raisuli schickte fast alle seine Wächter und die Uniformierten los. Der Wagen von Karima war auf dem Radar zu sehen und die genaue Position schnell auszumachen. Als Erstes waren die berittenen Reiter vor Ort. Sekunden später die sieben Geländewagen und vier Transporter. Jeder erhielt aus dem letzten Transporter eine riesige Lampe. Die ganze Gegend wurde zunächst ausgeleuchtet, aber keine Spur von

Karima. Die Männer ahnten, dass etwas passiert sein musste, denn bei dieser Ansammlung aufgeregter Männer wäre Karima sicherlich zu ihnen gestoßen, hätte sie es können. Suchtrupps zu je drei Mann durchkämmten die Gegend. Kurze Zeit später fand man die Hose von Karima. Chérif El-Raisuli löste Großalarm aus und alle verfügbaren Dorfbewohner machten sich ebenfalls auf die Suche, große Fackeln in den Händen. In der Zentrale wurde inzwischen eifrig versucht, Karimas Handy über GPS ausfindig zu machen, bis der Verbindungsmann der Suchmannschaft der Zentrale meldete, dass das Handy in der Hose von Karima gefunden worden sei.

Nach acht Stunden ununterbrochener Suche wurde diese auf ein Minimum zurückgefahren. Nur die Dorfbewohner sollten als Ortskundige weiter suchen. Die Wächter und Uniformierten hatten sich in der Burg bereitzuhalten. Sie mussten jederzeit innerhalb weniger Sekunden abmarschbereit sein. Chérif El-Raisuli ließ sich nach Marrakesch fliegen. Er suchte die drei Männer auf, die von seinen Leuten in der Nähe von Gourrama überwältigt worden waren. Seine Vermutung bestätigte sich. Alle Gruppen, die losgeschickt worden waren, um ihn und seinen Sohn zu töten, kamen aus einer Einheit. Sie hatten zusammen trainiert und den Plan gemeinsam ausgearbeitet. Er sprach lange mit den Männern und erzählte, was passiert war. Er konnte auf ihre Loyalität zählen, dessen hatte er sich während des langen Gesprächs vergewissert. Sie waren ihm nach wie vor sehr dankbar, dass er ihnen eine Zukunft gegeben hatte. Bislang hatten ihre Familien noch nicht nachkommen können, dafür mussten die Männer erst noch etwas Geld zurücklegen. Hier setzte Chérif El-Raisuli an. Er versprach jedem der Männer ein eigenes Reihenhaus, wenn sie ihm helfen würden, Karima zu befreien. Sie boten ihre Hilfe an, wiesen jedoch eine Gegenleistung zurück. Chérif El-Raisuli bestand aber darauf, denn dann konnte er unbegrenzte Hilfe von ihnen erwarten. Er fuhr mit den drei Männern zu einem Notar, ließ einen entsprechenden Vertrag aufsetzen und von allen unterzeichnen. Im Vertragstext war die Übertragung der Eigentumsrechte an die von den Männern zu erbringenden Leistungen in den nächsten zehn Tagen gebunden worden.

Der Rückflug dauerte etwas länger, an Bord waren drei Personen mehr. Kurz nach der Landung wurde jedem der Männer ein Wächter zugewiesen, der ihnen behilflich sein sollte, sich in der Burg zurechtzufinden. In einer Ecke der Burg entkleideten sich die drei Männer und wälzten sich im Sand. Sie füllten Sand in ihre Ohren und Nasenlöcher und schüttelten diesen dann wieder aus. Dann zogen sie Djellabas an, die sie vorher durch den Sand geschleift hatten, nahmen Blut von einem Hund und bekleckerten damit leicht den Stoff. Sie nahmen Asche und rieben sich die Hände damit ein. Nun waren sie verdreckt, als hätten sie sich tagelang im Freien versteckt gehalten. Jeder erhielt einen Dolch. Sie waren bereit.

Zwischenzeitlich war das Gebiet, wo sich Karima und ihre Entführer aufhalten könnten, eingegrenzt worden. Dort wurden die drei Männer nachts abgesetzt. Jeder hatte einen verborgenen Peilsender in den Schuhen. Es war verabredet worden, dass zwei davon funktionsuntüchtig gemacht werden sollten, als Signal, dass der Mahdi mit seinen

Leuten aufmarschieren sollte. Es dauerte zwei Tage, bis die drei Männer die Entführer und Karima entdeckten. Durch ein Zeichen gaben sie sich zu erkennen und durften die Höhle betreten. Sie begrüßten die Entführer und erzählten, sie seien um ein Haar entdeckt worden und hätten sich deshalb die ganze Zeit versteckt gehalten. Dann seien sie aber doch auf die Suche nach den beiden anderen Gruppen gegangen, weil sie alleine nichts hätten ausrichten können. Die Entführer glaubten ihnen die Geschichte. Sie verabredeten, einen neuen Aktionsplan zu entwickeln, jetzt, wo man zu sechst sei. Einer der drei Männer ging zu Karima und zerrte ihren Kopf hin und her.

»Wer ist das?«, fragte er. Die Entführer schilderten bereitwillig die Geiselnahme, aber wiesen den Mann zurecht, Karima solle so lange wie möglich unversehrt bleiben, denn nur so sei sie als Geisel wertvoll. Karima hatte das Augenzwinkern des Mannes, der ihr so grob den Kopf hin und her geschüttelt hatte, wahrgenommen, es aber nicht deuten können.

Die Entführer beschlossen, ihr Ziel, den Tod von Chérif El-Raisuli, in den Mittelpunkt ihres Planes zu stellen. Auf ein abgerissenes Blatt Papier schrieben sie ihre Botschaft. Der Brief wurde so deponiert, dass ein Dorfaufseher ihn fand und weiterleitete. Dies geschah am frühen Morgen.

»Wir haben hier eine Geisel, die eigentlich die Gastfreundschaft Ihres Hauses genießt. Sie können sie abholen, aber nur Sie allein. Ist jemand anderes zu sehen, werden wir ihr die Kehle durchschneiden, wie Ihrem Sohn. Lassen Sie ein großes Feuer brennen und schütten Sie Öl hinein, zum Zeichen, dass Sie unsere Bedingungen akzeptieren. Wir melden uns dann wieder.«

Chérif El-Raisuli ließ das Feuer anzünden und Öl hineingießen. Der dunkle Rauch war kilometerweit zu sehen.

Die Entführer grinsten, als sie den Rauch sahen. Der erste Teil ihres Plans war aufgegangen. Die drei Männer, die zu ihnen gestoßen waren, hielten sich im hinteren Teil der Höhle auf und stießen einen leisen Freudenschrei aus. Ein jeder von ihnen ging sodann auf einen der Entführer zu. Karima beobachtete die Szene und sah, wie alle drei Entführer in sich zusammensackten und zu Boden fielen. Sie sah, wie zwei der Männer sich einen Schuh auszogen und den Absatz zertrümmerten. Der dritte Mann, der ihr den Kopf hin und her geschüttelt hatte, kam auf sie zu, mit einem langen Dolch in seiner Hand. Er beugte sich über sie und schnitt alle ihre Fesseln durch. Sie sei frei und Chérif El-Raisuli würde bald hier sein, sagte er. Nur das Klebeband über ihrem Mund müsse sie selbst entfernen. Jetzt wurde ihr klar, was es mit dem Augenzwinkern auf sich gehabt hatte.

Chérif El-Raisuli und sein Generalsekretär kamen mit dem Hubschrauber, der auf einem kleinen Vorsprung landete. Vier Geländewagen brausten so weit wie möglich heran. Sehr schnell „räumten" sie das Versteck der Entführer auf.

Karima schlief den ganzen Tag und die ganze Nacht. Neben dem Bett saß in einem Sessel Fatima. Sie hatte nur eine Aufgabe: Karima zu beruhigen, wenn sie aufwachen sollte. Fatima war das erste Mal in der Burg und die allererste Frau in der Burg, die Chérif El-Raisuli in seinen Dienst gestellt hatte.

Chérif El-Raisuli und sein Generalsekretär saßen im Dienstzimmer des Polizeichefs für die Region Ost. Dieser war bekannt als Mann der pragmatischen Lösungen und der offenen Worte.

»Die Fanatiker werden weitere Gruppen hierher schicken, so lange, bis ihr Ziel, Ihr Tod, Chérif El-Raisuli, erreicht ist. Die wollen Ihren Tod? Dann geben Sie denen doch das, was die wollen! Verstehen Sie mich? Ich will in meinem Zuständigkeitsbereich keine Konflikte oder Probleme, die man panarabisch nennen könnte. Ich stehe hinter Ihnen und Ihren Entscheidungen. Und von der Sache mit Ihrem Gast, der jungen Deutschen, weiß ich nichts. Ich sagte ja schon, ich will hier mit Ihrer Angelegenheit keine Probleme haben. Regeln Sie das!«

Zurück in der Burg, rief Chérif El-Raisuli den Leiter der Uniformierten, seinen Generalsekretär und seine zwei persönlichen Leibwächter zu sich. Er erkundigte sich, ob die Leichen der drei Entführer gut im Kühlhaus verstaut worden seien. Seine zwei Leibwächter nickten nur kurz. Dann holte er aus:

»Meine Herren, was ich Ihnen jetzt sage, wird diesen Raum nicht verlassen. Sie alle wissen von Ihrer eigenen Verantwortung. Sie wissen, dass wir nichts Unredliches getan haben. Unser Bestreben, einen neuen Versuch zur Herstellung des Friedens in Palästina zu initiieren, ist legitim und wir werden daran festhalten. Auch wollen wir einen fruchtbaren Dialog der Weltreligionen fördern. Unser Bestreben hat hier vor Ort für Unruhe und Gefahren gesorgt. Ich werde daher mit Fräulein Neumann die Region verlassen. Ich möchte, dass alle in der Burg und in der Umgebung hierüber informiert werden.«

Chérif El-Raisuli erläuterte seine Pläne und besprach alle Details mit seinen Vertrauten. Karima telefonierte mehrmals mit ihrem Vater. Vater und Tochter hatten seit Karimas Einschulung eine Art Geheimsprache entwickelt, sodass sie sich trotz der angespannten Situation austauschen konnten.

Die Nacht war dunkel, als sich hinter dem gepanzerten Geländewagen mit Chérif El-Raisuli, Karima und dem Generalsekretär das Tor der Burg wieder schloss. Kein Begleitwagen fuhr hinterher, alles sollte so diskret wie möglich ablaufen.

Mitten im Gebirge lag plötzlich ein Felsbrocken auf der Straße. Chérif El-Raisuli bremste so stark, dass die Reifen eine schwarze Schleuderspur auf dem Asphalt hinterließen, doch der Wagen schlingerte unausweichlich auf den Abgrund zu.

Der Wagen stürzte in den Abgrund. Das Fahrzeug fing Feuer. Der Tank explodierte. Auch die nachfolgenden Explosionen waren noch in der Burg und den nahe liegenden Dörfern zu hören. Die Burgsirenen schrillten zum zweiten Mal. Die rüstigsten Männer der umliegenden Dörfer, die Wächter und die Uniformierten aus der Burg erreichten sehr schnell die Unglücksstelle. Ein jeder erkannte, dass hier nichts mehr zu retten war. Die Explosion hatte das Fahrzeug in unzählige Teile zerrissen.

Feuerlöscher erstickten das Feuer. Aus dem Blechhaufen wurden drei völlig verkohlte und verstümmelte Leichen gezogen. Der Generalsekretär riss die Hände hoch und schrie gen Himmel: »Warum musste Chérif El-Raisuli sterben? Warum musste unser Herr so schrecklich sterben?«

Er gab den Dorfbewohnern den Befehl, die drei Leichen einzuhüllen. Er zeigte auf die größte und sagte, das sei der Mahdi. Seine Autorität war zu groß, als dass irgendjemand gefragt hätte, woher er das denn wissen konnte.

8. Kapitel

EPILOG

Die Nachricht vom Tod Chérif El-Raisulis verbreitete sich in der Gegend um Gourrama und Marrakesch in Windeseile. Die Polizei kam und nahm den Unfall auf. Die gesamte heimische Presse und das marokkanische Fernsehen interviewten und filmten, was zu filmen war. In den ersten Mittagsnachrichten nach dem Unfall wurden die ersten Bilder gezeigt und es wurde ausführlich über den tragischen Unfall, der zum Tod von Chérif El-Raisuli und zwei weiteren Insassen geführt hatte, berichtet. Auch die internationale Presse informierte über den grausamen Unfall und den Tod eines der mächtigsten Industriellen Marokkos. In aller Ausführlichkeit wurde über sein Leben berichtet. Über die beiden anderen Insassen, eine Deutsche und eine weitere, bislang unbekannte Person kein einziges Wort. Sie interessierten einfach nicht.

Nach zwei Tagen war das allgemeine Interesse erloschen. Nur noch kurze Meldungen über die Trauerfeiern in Gourrama und in Marrakesch waren zu lesen. Wegen der tragischen Umstände wagte keiner zu bitten, die Verstorbenen vor ihrer Beerdigung noch einmal sehen zu wollen.

Der Generalsekretär lud alle Dorfvorsteher in die Burg ein und eröffnete ihnen den letzten Willen von Chérif El-Raisuli. Nichts sollte sich ändern. Chérif El-Raisuli hatte seinem Generalsekretär schon vor einem Jahr die uneingeschränkte Vollmacht erteilt, jedoch mit der Verpflichtung, im Geiste des Mahdi und seiner Familie die Burg und die Unternehmen in Gourrama und Umgebung weiterzuführen. Insbesondere sollte das private soziale System aufrechterhalten und von den Erträgen der Unternehmen finanziert werden.

Die Uniformierten räumten den Keller und verließen die Burg. Sie wurden von zwei braunen Hubschraubern abgeholt, die weder mit Hoheitszeichen noch sonstigen Erkennungsnummern versehen waren.

Sieben Jahre später erhielt der Generalsekretär einen Luftpostbrief. Er öffnete den Umschlag und nahm ein Foto und eine Einladung heraus. Auf dem Foto stand ein braungebrannter, gutaussehender Mann neben einer bildhübschen blonden Frau im knappen Bikini. Vor ihnen saßen zwei niedliche Buben, offensichtlich Zwillinge. Der Generalsekretär las den Text und lachte.

Wir, Amir und Karim Neumann,
laden Sie zu unserem sechsten Geburtstag herzlich ein.
Unsere Eltern, Khaled und Karima Neumann,
haben versprochen,
für uns und unsere Gäste eine rauschende Party
auf die Beine zu stellen.
Wir erwarten Sie!

Keiner wusste, wo der Generalsekretär hinfuhr. Er hatte sich für eine Woche Urlaub genommen. In Casablanca nahm er eine Maschine nach Madrid. Erst dort am Flughafen buchte er einen Direktflug nach Los Angeles. Im Flugzeug kamen ihm seine letzten Worte an Chérif El-Raisuli und Karima in den Sinn, bevor sie damals an der Unglücksstelle in den Wagen von Karimas Vater stiegen und er den Geländewagen, den er vorher mit Benzinfässern und kleinen Sprengladungen präpariert hatte, mit den drei Leichen der Entführer von Karima in den Abgrund stieß.

»In fünf oder sechs Jahren wird alles vergessen sein. Die politische Situation Palästinas wird sich verändert haben. Andere Krisenherde werden dann uns und die Welt beschäftigen. Keiner wird sich mehr an die Konferenz und seinen Ausrichter erinnern. Dann wird die Zeit kommen, wo Sie und Karima wieder zurückkehren können, mit Ihren Kindern, so Gott will!«

GLOSSAR

Ali:
Arabischer Vorname mit der Bedeutung „Der Hohe" oder „Der Löwe Gottes".

Amir:
Arabischer Vorname mit der Bedeutung „Der Machthabende, der Mächtige".

Araber und Berber:
Die semitischen Araber, dem Wort des Propheten Mohammeds („... den Islam mit Feuer und Schwert als Weltreich auszubreiten.") folgend, eroberten den Nordrand Afrikas von Ost nach West und drangen immer stärker in das Landesinnere. Sie stülpten den dort schon angesiedelten Berbern ihre Gewohnheiten über. Die Berber sind ein Gemisch aus zusammengeschmolzenen Rassen (Guanschen von den Kanari-

schen Inseln, aus Europa stammende Fels-
zeichner und uralte germanische Stämme.
Letztere sind eine Erklärung dafür, dass
man im Atlasgebirge blonde und blauäugige
Berber sieht).

Arabischer Frühling:
Proteste der Bevölkerung und Aufstände
bewaffneter Kräfte gegen autoritär herr-
schende Machthaber in der arabischen Welt.

Arganöl:
In Marokko überwiegend von Frauen hand-
gepresstes Vitamin E-reiches Öl, das aus der
Frucht des Arganbaumes gewonnen wird.
Zum Kochen und insbesondere für die
Körperpflege genutzt.

B´stilla:
Mehrere Teigblätter (Blätterteig), die von
Lagen aus Taubenfleisch (heute mehr aus
Huhn- oder gebratenem Rinderhack), ange-
reichert mit Mandeln und Rosinen, unter-
brochen werden. Das oberste Teigblatt wird
mit Zucker und Zimt bestreut.

Chérif:

Nachfahre des Propheten Mohammed.

Couscous:
Gedämpfte, lockere Hirse. Wird mit gegartem Gemüse und Fleisch (oft Huhn) und einer sehr scharfen Sauce (oder Bouillon) serviert. Traditionelles Gericht.

Djaja Mahamara:
Aromatischer Eintopf aus Hühnerfleisch, Mandeln, Rosinen, Hirse und Kräutern.

Fatima:
Arabischer Vorname mit der Bedeutung "Die Entwöhnte, die Abgestillte".

Fitra:
Bedeutung: „Die Natur des Menschen" oder „natürliche Veranlagung". Islamisches Reinheitsgebot. Hierzu gehören fünf Dinge:
  - die Beschneidung,
  - das Abrasieren der Schamhaare,
  - das Abrasieren der Achselhaare,
  - das Schneiden der Fingernägel und
  - das Schneiden der Fußnägel.

Gourrama:

Stadt südöstlich von Meknes, im östlichen Hohen Atlas, heute ca. 5000 Einwohner. Die Gegend um Gourrama ist ein sehr mineralreiches Gebiet.

Hammam:
Streng nach Geschlechtern getrenntes Dampfbad bzw. Badlandschaft. Ort der Besinnung und Körperreinigung nach dem Fitra-Konzept.

Hummer H2:
Kastenförmiger Geländewagen der Luxus-Klasse, 330 PS, 6 Liter Hubraum.

Karima:
Arabischer Vorname mit der Bedeutung „Die Großzügige".
Männliche Form: Karim.

Khaled:
Arabischer Vorname mit der Bedeutung „Die Ewigkeit".

Kefta:
Fleischbällchen aus (Rinder-) Hackfleisch mit Knoblauch und Cuminum.

Kiss:
Im Hammam verwendeter Massagehandschuh. Dient der tief reinigenden Hautmassage.
Wirkungen: Belebung des Körpers und Beruhigung des Geistes und der Seele.

Mahdi:
Bedeutung: Person, die direkt vom islamischen Gott geführt oder geleitet wird.

Méchoui:
Lamm, direkt auf Steinkohle gegrillt. Bei großen Anlässen wird ein mit Gewürzen bestrichener Hammel in einem Lehmofen geschmort.

Sharif:
Arabischer Vorname mit der Bedeutung „Der Ehrbare".

Siderit:
Siderit ist eines der wichtigsten Eisenerze. Irisierende Siderite (die begehrtesten auf dem Weltmarkt) bis zu 12 cm Größe wurden bei Gourrama gefunden.

Tagine:
Aromatischer, gewürzreicher Eintopf aus Huhn oder Lamm, oder nur Gemüse.

Am 14. November 2012 loderten die militärischen Aktivitäten erneut auf: Seitens der israelischen Armee begannen Angriffe auf militärische Ziele der Hamas im Gazastreifen. Die Angriffe erfolgten nach Angaben der israelischen Regierung als Reaktion auf die zahlreichen Raketenanschläge der Hamas auf Israel.